うた燦燦

Michiura Motoko
道浦母都子

幻戯書房

目次

Ⅰ　うた彩々

Ⅱ　ふり返り

Ⅲ 口ずさみ「百人一首」

Ⅳ　あこがれ

装幀　間村俊一
写真　鬼海弘雄

うた燦《さん》燦《さん》

Ⅰ　うた彩々

――春

その子二十《はたち》櫛にながるる黒髪のおごりの春のうつくしきかな　与謝野晶子

晶子といえば『みだれ髪』。その歌集に収められた三百九十九首中の高名な一首。

紀州和歌山に生れた私は、晶子に強い憧れを抱いていた。晶子は和泉《いずみ》山脈の北方に広がる泉州、今の大阪・堺市の出身。彼女の歌と生き方に親近感と畏敬の念を持ち続けていたのである。

『みだれ髪』の刊行は明治三十四年（一九〇一）八月。晶子、二十二歳の夏。掲出歌は、まさに青春真只中の作といえる。「その子」とうたってはいるが、自らを二十歳の女性と見なし、黒髪に託して、若くいちばん美しい季節を生きる女性讃美を大らかに呈示した歌。この歌集の作者名は鳳《ほう》晶子。この段階では、晶子は与謝野鉄幹の妻ではなかった。それを承知で晶子は堺を出奔、東京へと向かった。青春のエネルギーが、晶子を突き動かしたのである。

髪五尺ときなば水にやはらかき少女《おとめ》ごころは秘めて放《はな》たじ

同じ頃の作。流れる滝のような黒髪が想起される。

さくらばな陽に泡立つを目守《まも》りゐるこの冥《くら》き遊星に人と生れて

山中智恵子

日本人の桜好きを解説した書物を読んだことがある。詳しい内容は忘れてしまったが、日本人の心の底には、桜に関わる多くの記憶が眠っている。西行の桜、高遠《たかとお》の桜、散華《さんげ》の桜、入学式に見た桜、桜にまつわる思い出が、春の訪れと共に花をほころばせる桜を目にすると、いっせいに開花する。つまり、一本の桜との出会いの中に、人々は、さまざまの記憶を重ねながら、花を眺め、折には、涙するというのである。

私の場合は、小学校一年生の時に、母と共に見た、紀州和歌山城のお堀を流れていた花筏《いかだ》を思い出す。それからまもなく、母が入院してしまったからだ。

桜を愛する日本人。いえ、もっと広い意味での人々。一瞬の美しさを誇り、惜しげもなく散っていく姿に、人々は人間社会のあまりにも早い変化を見ているのだろうか。

山中智恵子は大正十四年（一九二五）に生れ、平成十八年（二〇〇六）に亡くなった。掲出歌にある「この冥き遊星に人と生れて」の言葉の重さが身に迫る。

猫のひげ銀に光りて春昼《しゅんちゅう》のひとりの思ひ秘密めきたる

小島ゆかり

いっせいに花が開く春。その順序は、梅、桃、桜といわれているが、必ずしも、そうとは限らない。かつて福島県の三春を訪ねたことがあるが、三春では、梅、桃、桜が揃って咲くので、この地名が付いたとの話だった。

わが家の近くにも梅林があり、冬の終り近くになると、梅は咲いたかと訪ねてみるが、年ごとに花季が違う。「松竹梅」や「梅に鶯」など、縁起のよい花として知られているので、ちょうど開花の時期にあうと、何か吉事がやってくるような気がして、わくわくする。

掲出の作は、のどかな春の日の独り思いを歌としている。思いの内容は解らないが、猫のひげが銀色に光っているとの表現から、それとなく、恋の予感が伝わってくるが、どうだろうか。春の訪れ、それだけで、世界が開けるようで、心が弾む。どこかで「希望」や「期待」につながるからだ。

小島ゆかりは昭和三十一年（一九五六）、愛知県生れ。娘の小島なおも歌人。母娘歌人として知られる。

雨の谿間《たにま》の小学校の桜花昭和一けたなみだぐましも

岡井隆

　小学校には必ずといっていいほど、桜の木が植えられている。それゆえか、春の桜は入学式の思い出と結びつく。だが、そんな記憶も少しずつ昔話となっていきつつある。

　岡井隆は昭和三年（一九二八）名古屋生まれ。まさに昭和一桁世代の一人である。幼時期から青春期までが暗い戦争の時代と重なる世代。「なみだぐましも」という表現は、万感を込めた言い方であって、ひとりでに涙が出てくる感じがする以上の、あふれるばかりの思いが託されているのだろう。

　彼は、戦後、新しい文学としての短歌を追求する前衛短歌運動の旗手の一人として知られ、今尚、実験的、かつ難解な歌を精力的に発表し続けているが、掲出歌のような作品に出会うと、ほっとするものを覚える。

　どこかの山間の地を訪ねた折、雨の中の桜を見た。それは校庭の桜。そのとき、どんな思いが作者の胸中を過《よ》ぎったのだろう。

かたくり浄土むらさき浄土風ふけば花さやさやと地に満ちゆらぐ　上田三四二

片栗の花を初めて見たのは奈良県大宇陀《おおうだ》の里、吉野葛《くず》で知られる森野旧薬園の薬草園だった。春の初め、雑木林の落ち葉の中から紅紫色の六枚の花びらをそり返し、うつむきがちに咲く。たいていは群生しているので、一面に蝶が群れているように見える。花自体は小さいが、何ともいえない情感を漂わせる花だ。わざわざ、片栗の花目当てに足を運んだのだが、一見の価値ありの光景に出会い、しばし、俗界を抜け出た気分になった。澄明《ちょうめい》で気品のある花ゆえだろう。

上田三四二《みよじ》は、片栗の群生を「かたくり浄土」と表現している。確かに「浄土」を思わせるかのような静かなたたずまい。しかも、風が吹いて、花がゆらぐと、いっそう、その思いが強くなる。まだ見たことのない方には、一見をお勧めしたい。大正十二年（一九二三）生れの上田三四二は、平成元年（一九八九）、六十五歳で没。内科医で、小説、評論も書く歌人だった。この一首は調べが美しく諳《そら》んじるにふさわしい作。

たんぽぽの金のきらきら悪友の旅立ちの日を咲き盛るかな

佐佐木幸綱

私にとってのたんぽぽの思い出は、故郷紀州、紀ノ川堤の一面のたんぽぽだ。自転車に乗っての遠出が好きで、たんぽぽの季節に紀ノ川河口の和歌山市から川沿いに、ずいぶん遠くまで行ったことがある。行ったはいいが、帰りが遅くなり、暗い夜道を何かに追いかけられるようにして必死で自転車をこいだ記憶がある。もちろん、帰宅してからは、母から大目玉。当分、自転車に乗ってはダメと申しつけられた。

掲出の一首も、春のたんぽぽの明るさを「金のきらきら」と表現している。しかも、そのたんぽぽが悪友の旅立ちを祝福するかのように咲きほこっているというのである。「たんぽぽ」という言葉の響きが軽快で、「金のきらきら」までが美しいリズムを奏でる一首だ。そこに「悪友」の登場。意外な展開が興味をそそる作品ともいえる。

佐佐木幸綱《ゆきつな》。昭和十三年（一九三八）生れ。うたの家、佐佐木家の伝統を伝える短歌界のサラブレッド。男性的な作風で知られる作者としては、この一首は童話的で愛すべき作品である。

ああ四月西の国には薔薇さく日東の国にさくらにほふ日

堀口大學

花々がいっせいに開花する四月。春の到来は冬の終りを意味する。「花」、古代では「花」と言えば梅の花を意味したが、時代と共に移り変り、現代では桜の花を示すようになった。

ああ、やっと四月になった。西洋の国々には薔薇が咲き、ここ東洋の日本には桜が満開となる春がやってきたのだ。堀口大學のよろこびが、あふれるようなこの一首。さくらが匂うとなうところに妙味がある。さくらと言うと、まず見る、愛《め》ずる（観賞する）のが一般的だが、さくらの花の匂いにも、何とも言えない魅力がある。品のいい、淡々とした、やわらかい匂い。満開の花の下に佇んで深呼吸すると、その芳香が伝わってくる。私は夜桜の下で、眼を閉じて、何度か深呼吸をくり返すのが好きだ。

堀口大學。明治二十五年（一八九二）生れ、昭和五十六年（一九八一）没。ヴェルレーヌやアポリネールの作品を翻訳し、日本に紹介した。欧米での生活を体験した作者ゆえに、「西の国には」のフレーズが出たのだろう。

焦げているものはトーストだけでない朝のふたりのこころちぐはぐ　　加藤治郎

若い二人だろうか。それともベテランの夫婦だろうか。何だか不協和音が聞こえてくる気がする。昨夜、何があったのか。きなくささが漂っている。こんな経験をした人は多いだろう。トーストの焦げる臭いだけでなく、もっと違う、という人もいるだろう。夜のけんかは、朝までは持ち込まない、が理想とされるが、現実には、なかなかそうはいかない。

加藤治郎、昭和三十四年（一九五九）生れ。俵万智さんと同じ年に現代歌人協会賞を受賞、「男性版俵万智」と称された。軽快な口語でリズミカルに今を歌う。その彼も、すでに五十代。掲出歌のような、ちょっぴり苦い歌をつくるようになった。

くちづけは香りのようなものだろう花冷えの日のグレーのコート
世田谷線のたりのたりとゆくときのさくら花びらスカートにふる

彼の本領は、こうした軽やかで明るい作品にある。わかりやすいこれらの歌を見ると、短歌をつくろうという人がもっと増える気がする。

青乙女なぜなぜ青いぽうぽうと息ふきかけて春菊を食ふ

坂井修一

「青乙女」という言葉が初々しい。いくつぐらいの少女を言うのだろうか。十代半ばぐらい。もしくは、もっと稚《おさな》いかもしれない。自分の娘を前にして、鍋を楽しんでいる。そんな情景が伝わってくるが、案外、恋人とデートの際の一首とも考えられる。

「青乙女」の「青」と「春菊」の青々しさが、巧みに呼応して、リズミカルな作品を、よりいっそう、清々しく、際立たせている。

「青」というのは、短歌の中で、よく使われる色。私自身の歌にも、多く登場し、『青みぞれ』なるタイトルの歌集もある。

春夏秋冬の中で、春を象徴する色といえば、「青」。青春という言葉は、そこから来ている。「青乙女」も、春菊のように、その青さを、そう遅くない時期に、失ってしまうだろう。そんな杞憂の作品にも思える。

坂井修一、昭和三十三年（一九五八）、愛媛県生れ。情報工学を専門とする科学者でもある。歌人の米川千嘉子は彼の妻。夫婦歌人として知られる。

花水木の道があれより長くても短くても愛を告げられなかった　　吉川宏志

春の花はいっせいに開く。

花水木の花も、白と淡い桃色を織りまぜながら、地中の水をたっぷりと吸い上げ、花を咲かす。多く、街路樹として植えられているのは、北アメリカ原産のアメリカハナミズキで、公害に強いとされている。

都会の歩道の両側に四弁の花がズラリと顔を揃える様子は、春の到来を告げる美しい光景といえよう。

掲出歌は、そんな並木道を歩いている若い二人の姿が浮び上がってくる一首。歩きながら、愛の告白をした後の述懐だろうか。「あれより長くても短くても愛を告げられなかった」との表現が、まことに微妙で、初々しい若者の恋心をあらわしている。

花水木のパッと開いた花の様子と、恋の開花が見事に調和して、嬉しくなるような作。

吉川宏志は、昭和四十四年（一九六九）、宮崎県生れ。学生時代から短歌巧者として知られ、前田康子と夫婦歌人でもある。

三月の甘納豆のうふふふふ

坪内稔典

東日本大震災の大被害。今後の日本はどうなっていくのか。不安を抱える人々に励ましのメッセージとなる短歌を。そう思い、片っ端から歌集をひもとき、アンソロジーを調べてみたが、これぞという作が見つからない。何度も何度も試みて、やっと辿りついたのが、この作。短歌ではなく、俳句である。しかも、かなり個性的な作品。

坪内稔典《ねんてん》氏とは古い友人で、家も近い。本人は、どちらかというと寡黙で悠然。昭和十九年愛媛県（一九四四）生れ。正岡子規の研究者としても知られる。

なぜだか、この作品をくり返し読んでいると、いつの間にか「ウフフフフ」と笑ってしまう自分に出合う。〈七月のスイカは甘いウフフフフ〉〈八月の海に敬礼ウフフフフ〉等々。勝手に真似して俳句ごっこを楽しんでしまった。

人間、笑うことが大切だ。たいへんな状況の中から、笑いが生れるのは難しい。ただし、「ウフフフフ」と、小さく笑うことから、笑いを取り戻してほしい。切なる願いを託しての選。

——夏

ころがりしカンカン帽を追うごとくふるさとの道駈けて帰らん

寺山修司

夏休みとは、どうしてあんなに待ち遠しかったのだろう。海水浴、昆虫採集、花火大会、夏と共に訪れる楽しい遊びが、どっといっせいにやってくるように思えたからだろうか。汗びっしょりになるまで遊び、そのあと、静かな緑蔭で午睡《ごすい》をとる。それも、夏の楽しみの一つであった。そういえば、子供の頃の眠りの深かったこと。あのような眠りには、もう、久しく出会うことが、ない。夢さえも見ない深い眠り。あれは若さ、未来だけしか考えていなかった世代の証《あか》しだったのかもしれない。掲出の歌からも、むんむんとする夏の匂いが伝わってくる。風に飛ばされたカンカン帽。ころころと転がるように飛んでいくカンカン帽を追うように、ふるさとの道をいっしんに駈けて行く作者。

寺山修司は昭和十年（一九三五）青森県に生まれ昭和五十八年（一九八三）に亡くなった。望郷、夏となると自然に生れる、ふるさと恋《ご》い。それは、再び子供の心に戻りたい、との人々の願いなのかもしれない。

あの夏の数かぎりなきそしてまたたつた一つの表情をせよ

小野茂樹

初恋はもちろん、若き日の恋は、いつまでたっても新鮮だ。たとえ失恋であったとしても、清々しい記憶として胸に刻みつけられるのは、なぜだろう。

掲出の歌からは、恋が成就し、結ばれた二人が想像される。恋が実り、共に暮すようになった二人。そんな或る日に、彼が彼女に言う。

あの夏、僕に見せてくれた様々の表情。その中でも、いちばん好きだった表情を、もう一度見せてくれないか……。

夏の夜、向い合った男女が、囁《ささや》くように言葉を交す。遠くで、花火の音が、こだまする中を。

小野茂樹は昭和十一年（一九三六）、東京生れ。学童疎開を経験した世代である。学生時代から短歌をはじめ、注目されたが、三十三歳の年、交通事故で還らぬ人となった。

夭折。それと引き換えに残された歌。あまりにも美しくガラスのように繊細なのは、彼が自らの未来を知っていたかのようだ。

つつましく花火打たれて照らさるる水のおもてにみづあふれをり　小池光

夏といえば、花火。

家族揃って庭で囲んだ花火を思い出す。とりわけ線香花火が好きだった。橙色《だいだい》の小さな灯を点《とも》し、ボッボッと、花びらを開くように火花を散らす。束の間の華やぎ……。あっという間の夏。あっという間に過ぎていく季節の速さを、夏は、ひときわ強く印象付けてくれるからだろうか。

掲出の一首は、花火の明るさに照らし出された「水のおもて」、水面《みなも》をうたっている。花火のほの明るさで、一瞬、膨《ふく》らんだように見える水面。その様子を「水のおもてにみづあふれをり」と表現している。

小池光は昭和二十二年（一九四七）、宮城県生れ。大学の理学部を卒業後、埼玉で高校教師となる。彼が故郷を離れ、教師生活の中から短歌に向っていった過程は、学生時代に体験した苦い政治の季節と深く関わっている。だが、彼は直接、そのことに触れてはうたわない。静かに細やかに、またユーモアたっぷりに独自の境地を開きつつある。

指さきのあるかなきかの青き傷それにも夏は染みて光りぬ

北原白秋

指さきに残る、あるかなきかの傷、しかも「青き傷」とは何だろう。失恋の痛手、それに通じる感傷のような気がする。この歌をつくった頃の白秋は二十七、八歳。青春真只中の多感な時期、そう受けとめてもいいと思う。

春、生れかけていた恋が、夏が近付くにつれ、壊れはじめ、その傷が、指さきに青く染みるように残っている。じつに繊細なこころであり、描写である。若き日の恋は、揺れやすく、もろいもの。その危うさが「青き傷」という色彩感豊かな表現と「夏」なる季節に象徴されている。

そういえば、自分にも同じような思い出が……そんな思いを抱くのは私だけではなく、青春を遠くに置いてきた者の共通の感慨ではないだろうか。それにしても、恋は夏に生れ、秋に破れると考えていたので、この一首は意外だった。

北原白秋。明治十八年（一八八五）、九州・柳川生れの詩人、歌人、童謡作家。

きみに逢う以前のぼくに遭いたくて海へのバスに揺られていたり　　永田和宏

　一人のひとに会ったために、自分がまるで変ってしまう。恋はその美しい典型。今までとは全く違う自分を発見し、驚き、戸惑い、悩みに悩む。だが、それは無上のよろこびにも通じるはず……。

　掲出歌は、決定的な出会いをした作者が、出会いの前のかつての自分に遭いに行くという、若さゆえのロマンチシズムに満ちている。しかも、バスに揺られながらの海への旅。どこの海なのか。行き先は決まっているのか。揺れる作者が伝わってくる。

　季節は夏。バスの窓は大きく開かれ、海からの風が、作者の髪を乱しながら吹き過ぎていく。私は、この光景から、日本海に臨む若狭の海の青を想起してみたが、読む人は、それぞれの故郷の海と結びつけて思い浮べるのではないだろうか。

　永田和宏。昭和二十二年（一九四七）、滋賀県生れ。生化学の研究者であり、妻・河野《かわの》裕子はじめ、歌人一家の主人として知られる。理知派の代表でもある彼の若き日の初々しい作。

今刈りし朝草のやうな匂ひして寄り来しときに乳房とがりゐき　　河野裕子

若き日の恋歌。

近付いてきた恋人の気配を「今刈りし朝草のやうな」と描いている。みずみずしくて、青くさくって、そんな感のある青年像が、たっている。しかも、それを感受して、自らの「乳房」がとがったとも、表現している。

若さって凄い。大胆である。この作品は、作者の二十代。いまから四十年余り前につくられている。鋭敏な感性と肉体が結びつき、甘やかなエロティシズムが溢れんばかりの一首だが、一度よむと、忘れられないインパクトがある。

河野裕子。昭和二十一年（一九四六）、熊本県生れ。短歌で結ばれた夫・和宏のほか、息子・淳、娘・紅《こう》も共に歌人。河野は、癌とたたかいながら、平成二十二年（二〇一〇）八月に他界。死の際まで、短歌をつくり、歌が全ての一生を、言葉通りに終えた。同世代を生きた一人として残念でならない。

生ビールのジョッキとジョッキ打ち合はす天井高き銀座ライオン　小島ゆかり

「乾杯」、「乾杯」という声と共に、カチッ、カチッとジョッキとジョッキを打ち合わす音が聞こえてくるような一首。

夏といえばビール。我輩も、大のビール党である。暑い一日を終え、やっと仕事から解放され、待ちに待って飲む一杯は、何ともいえない美味しさだ。ことに、生ビールの、のどごしは、普通のビールには無い滑らかさと豊潤さを持っている。私の個人的な好みを述べると、ハーフ・アンド・ハーフのような、ややコクのある濃い目がいいのだが、ビールなら何でも良しで、ゼイタクは言いません。

作品に登場する銀座ライオンには、学生時代に行った記憶がある。確か、ブーツのかたちをしたジョッキで飲んだ気がする。大好きなビールではあるが、近年、寄る年波と共に、ビールを飲むと、お腹が、ポコッと出てくるようになった。これは何ともしがたく、今の私の悩みの一つ。

小島ゆかり。才気のある歌のつくり手。

新宿駅西口コインロッカーの中のひとつは海の音する　山田富士郎

コインロッカーは都会の象徴の一つ。しかも、ここに登場するのは新宿駅西口のもの。大都会の只中にあるコインロッカーである。

それなのに、そこに海の音がするとは？　これは作者の想像である。あまりにも無機質な物の中にいると、海、つまり、自然が恋しくなる。そうした思いを表現した一首だろう。

時折、コインロッカーを利用する機会がある。旅先だったり、買い物先の最寄り駅だったり。手荷物を少なくできるロッカーの便利さは、荷物が多いときなど、ことにありがたい。だが、稀にキーを紛失したりすることもあって、私にも苦い経験がある。大事な原稿が行方不明になったのだ。

今は、若い女性が制服から街着に着替えるために利用する場合が多いそうだが、ロッカーの利用のされ方に時代が反映されているといえるだろうか。

山田富士郎、昭和二十五年（一九五〇）、新潟県生れ。この一首の海は、佐渡の海かもしれない。

飢餓を超え美食むさぼり健康に憑かるる徒労を戦後とこそおもへ　　島田修三

激しく厳しい糾弾の一首。

島田修三は昭和二十五年（一九五〇）生れ。戦後五年目に生を享けた一人である。私たち日本人は、「戦後」の夏を、どのような思いで迎えているのか。それを心に置いて、掲出歌を読むと、その通り、責められても仕方がない、との思いが湧く。一人一人が、どこかで、自らを省みる負荷を感じざるを得ない部分がある。

彼は横浜生れ。万葉集の研究者でもある。掲出歌のような激しい作だけではなく、

乳房《ちちふさ》のなければ雌雄わかちがたく飛燕《ひえん》はすべる夏のなかぞら

といった、情景を巧みに切りとった抒情的な作品も見られる。

この二首の対比からでも、現代を生きる困難がよくわかる。激しく胸苦しい世界と、なだらかで心なぐさめられる世界。この二つが重なり合って〝今〟を形成している。

ついつい安易な方へとなだれつつあるとき、先の掲出歌を思い出し、自らを省みたい。

——秋

若山牧水

海底《うなぞこ》に眼のなき魚《うお》の棲むといふ眼の無き魚の恋しかりけり

一陣の涼風と共にやってくる秋。

秋は人のこころをメランコリックにさせる。人恋い、故郷恋い、なぜか、追憶に浸る時間が多くなるのも、この季節の特徴だ。生物が全て燃えるように輝いた夏が終り、ぽっかりと虚ろなものが胸を占めるのも、秋風の冷たさのせいだろうか。「〽今はもう秋、誰もいない海」懐かしいメロディが自然に口から洩れてくる。

誰もいない海には、激しい燃焼の後の静けさが漂う。

静けさは寂しさ。寂しさは人恋しさ。掲出の牧水の一首も、そんな思いを感じさせる作だ。激しい恋ほど、終りのときの来るのも早い。海底に棲む眼の無い魚に託して、深い失意をあらわしている。

それにしても「眼の無き魚」は、何を意味するのだろうか。現実を見たくないという彼の心の投影と、想像はするが――。

呼べど呼べど遠山彦のかそかなる声はこたへて人かへりこず　佐佐木信綱

佐佐木信綱といえば、まず思い出すのは、

ゆく秋の大和の国の薬師寺の塔の上なる一ひらの雲

この一首である。大らかな声調と的確な情景描写を得意とした信綱ならではの作。明治五年（一八七二）、三重県石薬師（現鈴鹿市）生れ、父も国文学者で歌人。自らも同じ道を選び、上京。歌誌「心の花」を創刊した。「広く、深く、おのがじし（それぞれ）に」を理想とした彼の元には多くの俊英が集まり育っていった。昭和三十八年（一九六三）没。

掲出の作品は信綱にしては寂しさを前面に出した歌。声の限りに呼んでも呼んでも、返ってくるのは山彦だけで、自分の願う人の声は返ってはこない。深い失意の伝わる一首である。彼の晩年の歌集『山と水と』に収められている作で、亡くなった妻、雪子への挽歌として知られる。作中の「人」が、たんなる人ではなく、妻であることを知って、この歌を読むと、妻に先立たれた夫のいたましいまでの悲しみが滲む。

母の齢《よわい》はるかに越えて結《ゆ》う髪や流離に向かう朝のごときか

馬場あき子

日本は長寿の国、そういわれて久しい。父、または母を看取った経験を持つ者にとって、その年齢を越えて生きるということには、独特の感慨があるのだろう。

掲出の歌は、亡くなった母より、ずっと長く生を保つ作者の思いが述べられている。「結う髪」との表現から、髪を梳《す》きながら亡き母への追慕の念をめぐらせている作者が想起される。「髪」は女性であることの象徴。ゆえに母への記憶に結びつく。

「流離」は郷里を離れて他郷をさまようの意味。そうした朝を思わせる気がする。つまり、亡き母への、尽きることのない想いの深さを語っているのである。

馬場あき子は昭和三年（一九二八）、東京生れ。当代きっての女性歌人で、古典に精通し、能に通じていることでも知られる。五歳の冬に母を亡くし、母方の祖母に養われた作者は、亡き母を、くり返し、うたのテーマとしている。母とは永遠の存在、ことに女性にとっては……。そんな感を抱かせる一首。

夢のごと火はもえてをり森ふかく童子のわれのさまよへる秋

前登志夫

猛暑が過ぎると、あっという間に秋となる。といっても、昨今は夏が長い。秋が来るのが、年々遅くなっている気がする。暑すぎる夏が疎ましく、ついつい秋待ちの思いが、つのるからだろう。

あちこちの田に火がつき、煙が昇る秋。刈り入れの後の炎は、豊穣を誇るかのごとく、あかあかと燃え上がる。この一首は、燃え上がる炎を「夢のごと」と表現しているところに心ひかれる。人間のさまざまの思いを消し去るように燃えているとの意味だろうか。そんな田園を離れて、作者の心は童子のように自由になって、森をさまよっている。秋というのは、なぜか人の心を幼い日に呼び戻してくれるからだ。私は、そう解してみたが、子供の頃を回想しての一首かもしれない。

前登志夫。大正十五年（一九二六）、奈良県の吉野生れ。自ら吉野の杣人《そまびと》（きこり）を称し、山暮しの中から、自然と人間が交叉する優れた作品を残した。平成二十年（二〇〇八）没。

柿の実のあまきもありぬ柿の実のしぶきもありぬしぶきぞうまき　正岡子規

正岡子規というと「柿食へば鐘が鳴るなり法隆寺」の句が浮んでくる。だが、彼には柿の短歌にも優れたものがある。

掲出の一首は明治三十年（一八九七）、子規三十歳の作。歌人・天田愚庵から「つりがね」という柿十五個を送られ、その際につくられた「柿六首」中の一首。ユーモアというより、どこか人を食った感じの作ではあるが、読めば読むほど、成程と味わい深い。

食べ物に人一倍関心のあった子規は果物を好み、柿も好物の一つだった。それを知っての愚庵からの贈り物だったのだろう。

「つりがね」という呼称と形から、渋柿を想像するが、「しぶきぞうまき」は単なる柿のことではなく、人生に引きつけての表現だと考えられる。甘くて口当りのよい人生より、少々渋い人生の方が、人間形成に効ありの意。これも納得……。

正岡子規、慶応三年（一八六七）、松山市生れ。本名、常規《つねのり》。俳句や短歌の革新運動を起こし、近代文芸の祖と仰がれるが、明治三十五年（一九〇二）、三十四歳にして没。

甲州の柿はなさけが深くして女のようにあかくて渋い

山崎方代

甲州は現在の山梨県。果樹栽培の盛んな地として知られる。ぶどう、桃などが有名だが、ここに登場するのは柿。柿を女性にたとえている。一首中の「なさけが深く」が謎を呼ぶ。赤く熟して美味しいが、美味しいものには毒がある。「渋い」は、そういう意味だろうか。

生れは甲州鶯宿《おうしゅく》峠に立っているなんじゃもんじゃの股からですよ

本人がこううたっているように、山崎方代《ほうだい》は山梨県生れ。チモール島の戦闘で右眼を失明。終戦により帰還して、さまざまの職を転々としながら、作歌を続ける。わかりやすい口語調の作品をつくり、多くの読者を魅了した。

一生独身。私生活はつまびらかでなく、謎多き歌人だった。大正三年（一九一四）生れ。昭和六十年（一九八五）没。彼のこころの底には、常に故郷、甲州が宿り続け、その点が作品に彩を与えている。

子守唄うたい終りて立ちしとき一生《ひとよ》は半ば過ぎしと思いき

花山多佳子

子供を産み、育てることで、女性は成長し、豊かになる。だが、その反面、自分のための多くの時間を失わざるをえないというのも事実である。

この一首は、そうした女性の屈折した思いを子守唄に託して表現している。

この歌に接すると、なぜか、紅葉した林の中をゆっくりと動いていく乳母車の映像が浮んでくるのは、「一生は半ば過ぎしと思いき」の言葉からだろうか。

子供離れをしたと思ったときには、自分の人生の大半が終っていた。それは、多くの女性から聞く声だが、子供を欲しがりながら、とうとう自分の子供を得られなかった私にとっては、嘆きの声ではなく、達成感の声のように聞こえる。

いのちを産み継げるのは女性だけであるし、いのち続いてのこの世であり、地球だからだ。人生に殆ど悔いのない私にとって、唯一の悔いが、子供を残せなかったこと。子守唄をうたってあげられなかったことである。残念ながら……。

花山多佳子、昭和二十三年（一九四八）生れ。父も歌人。娘も歌人。歌の家系の一人である。

東京にもう感傷せぬわれがゐて朝のこころをびんびんはじく

大口玲子

東京に出てみたい。そんな思いを一度は抱いた人は多いだろう。紀州の城下町で生れ育った私も、そうした一人だった。中学を卒業し、大阪に移り住んだが、都会といっても、大阪は東京と違っていた。何かが違った。だから、やはり、東京へ行ってみたかったのである。

大学生となり、やっと東京に行くことになったが、東京での学生生活は、楽しくもあったが、甘酸っぱく、苦くもあった。

東京から大阪に戻って、もう三十年余り。東京は、今は思い出の地となりつつある。ちょっぴり苦い感傷の味のする複雑な地に。

昭和四十四年（一九六九）生れの大口玲子《りょうこ》も、東京を離れ、離れた地から、東京をうたっている。もう、東京への未練を断って、新しい自分で、新しい地で生きようとしている。そんな一首。大口の新しい地とは、東北。女川原発近くに住んでいた彼女だが、震災後、子供と共に宮崎に移住。人生は解らない。どこの地でも強く生きなくては。

飛行士の足形つけてかがやける月へはろばろ尾花をささぐ

香川ヒサ

萩、すすき、葛、なでしこ、おみなえし、ふじばかま、桔梗《ききょう》、この七種が秋の七草。掲出歌に出てくる「尾花」は、すすきのことである。

人間は、すでに月に着陸できるようになった。月には、宇宙飛行士たちが残した足形が残っているはず。その月に、はるばると地球から、すすきを飾って秋を賞でているのです。歌の意味は、そんなところだが、「月には兎」の時代に比べ、歴然とした差がある。旅費を払えば、月旅行も可能となりつつあるのだから、月のイメージもロマンチックな空想から、ずっと現実的なものに変化しつつある。

そうは言っても、私はロマンチック派。月が船に見えたり、メロンに見えたり、満月の夜には、かぐや姫が空に去っていくといった空想や物語を大切にしたい。今年の秋も、月にすすきをささげ、願い事をするつもりだ。

香川ヒサ、昭和二十二年（一九四七）、横浜生れ。軽快な口語で、現代的でしゃれた作品をつくる。

海を見よ　その平らかさたよりなさ　僕はかたちを持ってしまった　服部真里子

歌集『行け広野へと』から。現代歌人協会賞をはじめ、幾つかの賞を手にした歌集。掲出の歌は、一字あけが二ケ所。加えて、作者は女性なのに、自分のことを「僕」と称している。

「海を見よ」の初句の強さから、結句まで一気に打ち下ろしていくような一首。「僕」は、ひょっとすると、海のことなのかもしれない。平らかで、たよりない、でも、かたちを持って存在する海。海の不安定性を呈示し、そこに、自分を重ねているのだろうか。

現代短歌は、実に多様で、口語を駆使して今を語る若い作者が急増している。各大学に短歌研究会が出来、活発な活動が行われてもいる。

服部真里子は、「早稲田短歌会」の出身。切れ味のよい歌いぶりと、比喩の巧みさが印象的な作者。昭和六十二年（一九八七）、横浜生れ。今後を期待される有望な若手歌人だ。

――冬

遠い春湖《うみ》に沈みしみづからに祭りの笛を吹いて逢ひにゆく

齋藤史

冬は春待ちの季節である。

南国紀州生れで、寒さが大の苦手の私は、冬を耐えるために、そう思うことにしている。身の回りが真っ白となる雪の夜は、ことに寂しさが増す。しーんと静まりかえった時間の中で、この雪が消えるとその向こうには春が待っているのだ。自分自身に、そう言い聞かすことによって、寒さや寂しさに耐えることが可能になる。

想像力を遊ばせる。心の世界を自由に開くことで、からだ全体が、すでに春となった気分になれる。つまり、冬の季節とは、生きている上で巡り合う、さまざまの苦難と、考えていいのかもしれない。掲出の歌は、そんな私の心に、ぽっと明かりを点してくれるような一首。若かった頃の遠い春、希望や期待に胸一杯だった日。それらを沈めてしまった湖に、笛を吹きながら逢いにゆく。今の私を生き直すために。再生への新たな願いを込めた幻想的で美しい一首。

齋藤史《ふみ》。明治四十二年（一九〇九）、東京生れ。平成十四年（二〇〇二）、没。

最上川逆白波《さかしらなみ》のたつまでにふぶくゆふべとなりにけるかも

斎藤茂吉

冬の寒気は人の心を透明にさせる。そんなふうに感じるのは、私の独りよがりだろうか。寒さの中で、じっと自分の心と向かい合うとき、無私になっている自分に気付く。つまり、自省の回路に、こころが向かっていることを知るのである。

ここにあげた茂吉の歌も、単なる写生の歌ではない。故郷山形の金瓶《かなかめ》村に疎開していた茂吉は、戦争終結の翌年、大石田町へ転居する。最上川の歌は、そこでの作。明治十五年（一八八二）生れの茂吉は還暦を過ぎていた。

「逆白波」という茂吉独自の造語を使っての一首だが、この歌には、深い自省の念が込められている。戦争の時代に自分のとった行為は、果して正しかったのだろうか。そのことを思うと、私の心は逆白波がたつまでにふぶきやまないのです。

白い雪の中に立ちつくしたままの作者。作者の心は痛恨の思いに満ち満ちている。斎藤茂吉、昭和二十八年（一九五三）没。長い平安の時代に翳《かげ》りが見え始めている今、茂吉のこの一首は、多くのことを問いかけてやまない。

冷えびえと目覚めしときの雪の香よ浄《じょう》なるものは天よりきたる

坪野哲久

冬の夜、寒さに身震いし、目が覚めるときがある。そんな後は、なかなか寝つかれず、さまざまの思いが巡る。

坪野哲久《てつきゅう》も、冷えの中で目覚めたのだろう。外は雪、浄《きよ》らかで純なる雪。それは天上界からの贈りもの。雪の香りが、寝床まで届くかのように感じられる。それに比べて、人間世界の複雑、かつ、乱れきわまりないこと……。昨今の現実は、目をおおいたくなるものがある。「浄なるものは天よりきたる」の表現が、身に迫る一首だ。

哲久は明治三十九年（一九〇六）、石川県能登生れ。上京して、苦学の末、大学を卒業。その後、喀血、療養、労働運動参加による留置生活などを経る。そうした苦い体験の上に立って、骨太で志高い独特の境地を確立した。彼は、ともすれば、プロレタリア歌人の旗手として位置付けされがちだが、その点に加え、故郷能登を愛し、そこから発する風土性と、澄明で知的な感性が印象的な歌人でもある。昭和六十三年（一九八八）没。

草も樹も主義も主張もひと夜さの雪の真白につつまれてゐる

時田則雄

寒さが大の苦手な私にとっては、冬はつらく、耐えがたい季節。それなのに雪は好き。だって、きれいなんですもの……。そう言って、雪国に住む友人から、雪の大変さが解っていないのね、とやんわりお叱りを受けたことがある。

雪は、見たり、触れてみたり、口に含んでみたり、私にとっては限りなく美しい存在。だが、実際は、北国の生活者にしてみれば、雪はたたかいの対象。きれいだなんて言っていられる悠長なものではない。

昭和二十一年（一九四六）に北海道の帯広に生れた時田則雄は、今も十勝平野に住む。日高山脈の一角に広大な林地を有し、農場経営をこなす。地の果てまで続く彼の農場を訪れたことがあるが、凍原となって全ての光景から動きがなくなる冬を考えると壮絶である。長い冬を耐えつつ越える時間の中から紡ぎ出される作品には、

雪を食へばしらゆき姫になるといふわが嘘を聴く耳やはらかし

といった童話的世界までの広がりがあり、北の大地のおおらかさを感じさせてくれる。

この沼に来し日は知らず発つ時を見ず幾たびか水禽に会ふ　　春日井健

近くに森に囲まれた池があり、散歩がてら時折訪ねる。渡鳥の真鴨が、毎年、見られるようになったのは、いつからだろう。寒くなったな、と思って訪ねると群れをなして池に浮び、あたたかくなったな、と感じるときには、姿が見えなくなる。こんなところに鴨が来るとは……。当初は不思議がっていたが、回を重ねるうちに冬ごとの楽しみの一つとなった。

同じ作者に、

日表の水の雲母《きらら》をおしわけて水禽の小さき胸はふくらむ

があるが、この水禽（水鳥）は真鴨ではないかと勝手に想像している。頭部が緑色をした雄の姿が美しく、鳥見台から望遠鏡で眺めたり、スケッチしたりもする。鴨が身近になったせいか、なぜか、鴨鍋を口にする機会が少なくなった。これも私なりの人情なのか。おかしなものである。春日井健は昭和十三年（一九三八）、愛知県生れ。若くして、三島由紀夫に激賞され、颯爽と登場した歌人として知られる。平成十六年（二〇〇四）没。

新年の新という語をはずませて暦をめくる心をめくる

俵万智

「〽もういくつ寝ると」の曲ではないが、新しい年の訪れは、何歳になっても楽しみで、心わくわくさせるものがある。

かつて、母が元気だった頃は、十二月になると、それっとばかりに、大掃除の手順を決め、家中をきれいにし、終るとすぐに御節料理の準備にとりかかった。これが大変。今のように物が豊富に無い時代。材料の買い出しから始まって、栗きんとんや伊達巻き、金柑《きんかん》や黒豆の煮物など、すべて手づくりだった。きんとん用のサツマイモを裏漉ししたり、金柑の種を抜いたり、ずいぶん、めんどうなことの手伝いもした。お蔭で料理好きになったが、独り暮しとなった現在では、腕をふるうこともあまりない。

掲出の歌は、新しい年へのはずむ心を一首としている。「新」という語の響き、暦をめくるのは心をめくるようだというやわらかな感性。口語短歌で短歌の世界の新しいページを開いた作者らしい一首。今は母となった俵万智さんは、昭和三十七年（一九六二）、大阪生れ。

風さむき岩手のやまにわれらいま校歌をうたふ先生もうたふ　宮沢賢治

「雨ニモ負ケズ風ニモ負ケズ……」の詩や『銀河鉄道の夜』などの童話で知られる宮沢賢治は、岩手県の花巻出身。彼の詩や童話が、今、あらためて読み直されている。

賢治は明治二十九年（一八九六）八月生れ。彼の生れるちょうど二ヶ月前の六月に「三陸地震津波」が発生し、多くの被害を出した。それから一世紀以上経ての、東日本大震災であった。

彼の作品世界は、貧困や災害に苦しむ人々を深い憂慮のまなざしでとらえ、あたたかでやわらかな情感で包み込もうとしているのが特徴的だ。

昭和八年（一九三三）九月に、賢治は三十七歳で亡くなるが、この年の三月には「三陸沖地震」が発生している。災害と賢治。何か不思議なつながりを感じる。

彼は、人々を励まそうとして多くの作品を残したのだろうか。

掲出の歌は、賢治の励ましの声が、強く聞こえる一首。「われらいま」以下の言葉が、現在にピッタリで、嬉しいまでの応援歌だ。

きみが手に触れしばかりにほどけたる髪のみならずかの夜よりは　　今野寿美

美しい一首である。そして、どこか、つやめかしい感じがする。あなたが私の髪に触れた、そのときから、ほどけたのは髪だけではなく、私の身体全体も、こころも、ほどけていったのです。

「かの夜」は、新婚の夜を指すのだろうか。いずれにしても、女性から男性への深い思いを託した一首だ。

つやめかしいと、先に述べたが、どこか、つつましく、口には出来ない思いを、短歌を通して、相手に伝えようとする一首でもある。

先般、わが家の庭の剪定《せんてい》に来て下さった若い植木職人さんは、直接、彼女に言えない言葉を、短歌にしてメールで送り、おおいによろこばれたとのこと。メールのラブレター、しかも、それが短歌。相手の意表を突いたのかもしれない。

今野寿美、昭和二十七年（一九五二）、東京生れ。夫・三枝昂之も気鋭の歌人で評論家。夫婦歌人である。

鷗外の口ひげにみる不機嫌な明治の家長はわれらにとおき

小高賢

　ここに登場する鷗外は、もちろん、あの文豪、森鷗外である。風格のある口ひげ、それを支える厳とした容姿。明治の家長の象徴ともいえる風貌を持つ人物である。

とはいえ、そもそも、現代社会に於て、「家長」なる言葉は、死語になりつつあるのではないか。亭主は元気で留守がいい。妻である女性側からは、そんな言葉が発せられ、ふむふむと賛同の声も高い。

　いつから、こんな状態になったのか。それは解らないが、そう遠い日ではない。モーレツ社員と呼ばれた男たちが、汗して働き、妻も子供も顧みなかった時代から、少しずつ、家庭内の男性の立場は弱くなってきた。今、「俺は家長だぞ」などと言うと、総スカンをくらうこと必至だ。

　口ひげをたくわえ、不機嫌そうな顔で家長が存在した頃を、小高賢《こだかけん》はなつかしんでいる。もう家長とはなれないがゆえの一首だからだろうか。彼は元編集者。昭和十九年（一九四四）、東京生れ。平成二十六年（二〇一四）没。

終着駅されどここより始発する一輛編成凛然《りんぜん》とせよ　松平盟子

終りは新たな出発。

そんな思いを感じさせる一首。「終着駅」という寂しさを伴う言葉から始まる作だが、下の句に行けば行くほど、ピンとした緊張感が伝わる。単に光景をうたったものではなく、人生を暗示するかのような表現だからだろう。ことに「一輛編成」という言葉に深い孤独が投影されている。

私自身、振り返ってみて、もう駄目と何度思ったことか。ことに、十余年前、こころの病に陥ったときは、もう何もかもが、おしまい。短歌をつくるのも、文章を書くのも、できなくなってしまった。そんな絶望に近い思いを抱いていた。

だが、人間は脆《もろ》くもあるが、また、強くもある。徐々に回復し、今に至っている。たった一人での闘病は、私を強くしたし、つらいゆえに見えたり、解ったことも多い。

掲出の作は、当時の私を励ましてくれた一首。松平盟子《めいこ》、昭和二十九年（一九五四）、愛知県生れ。華麗な言葉で美しい作を生む作者。

除夜の鐘聞こえてきたり少女期のやうなるつらさときにまだある　大口玲子

除夜の鐘の鳴る時間は、遙か遠くを感じる時間。大口玲子は少女期を思い返している。人は、さまざまのつらさを抱えているが、ここで語られているのは、どんなつらさだろうか。除夜の鐘と少女期の微妙なバランスを保っている不思議な一首。

ママチャリを漕ぐわれが映る　宮崎で健気に生きる被災者として

このような作品があるように、大口は、3・11当時、宮城県の女川原発に近い仙台市に住んでいた。以後、子供と共に仙台を離れ、宮崎の地に住むようになった。

四歳の春のゆふぐれ震災時二歳の子さらに二年を生きて

震災時、二歳だった子は、すでに四歳になっている。宮崎での生活になじみつつあるのだろうか。それにしても、母は強い。子供の為なら、どこにでも移り、住み、生活をする。本当は、こんなことは、ない方がいいに決まっているが……。秋にも紹介した昭和四十四年生れの大口は、スケールの大きな女性歌人として注目されている。

さようならと手のひらかろく振るときの時間溜まりの風のやさしさ　道浦母都子

「さようなら」は、あまり好きではない。だから、たいていは、「またね」と言って、別れることにしている。

とはいえど、遠来の友人、知人、滅多に会えない人には「さようなら」と言い、手を振ることにしている。手を振ることによって、「さようなら」が立体性を帯びるような気がするからだ。

短歌の師である近藤芳美《よしみ》先生の奥様からは、見送るというのは、相手の姿が見えなくなるまで、手を振り続け、見つづけるのだということを教わった。若き日に教わった、その見送り方は、できる限り、実践するよう努力している。「さようなら」をして、少し行って振り返ると、もう、相手の姿がない。そんなときは、少し寂しい。だから、一期一会かもしれない別れのときを大切にして、今に至っている。

Ⅱ　ふり返り

母刀自の愛

時計草の紫が夏陽の中で揺れている。

こんこんと時間遠のき立ち昏《くら》む血の気《け》薄れて紗のごとき身は

それぞれの花が、この世の時間とは異なる時刻を刻み、紫色の花の上に幻のときの流れをつくりあげている。

なぜかわからないが、このところ、母の夢を見る。

亡くなってから六度目の夏である。

幽界の母あらわれて三味線をひきているなり遠野の暗さ

「ずり落ちそうで昇りがこわい階段は」夢に母言う銘仙を着て

夢に出てくる母は、三味線をひいていたり、銘仙の着物姿だったりで、何とも古めかしい日本女性そのものである。

生きている間は、そう深くは感じなかったが、母が亡くなり、折節に思い出す母は、いい意味でも、反対の意味でも、典型的な大正生れの女性だった。

私の目から見ると融通の利かない昔気質。老いてからは、ますますその傾向が強くなり、ふとした折に、戦争がなかったら、どんなに優雅な一生を過ごせたか、と涙ぐみ、説明の仕様のない涙の前で、姉や私を困らせた。

「戦争で人生が変った人はお母さんだけじゃないの。亡くなった方たちのことを考えたら、生きて今あるだけでも感謝しなくちゃ」

何度も、そう悟らせようとしたが、「ちがうの」と頭をふり、頑として、私たちの言うことを聞き入れようとはしなかった。

一九九九年の二月、八十二歳で亡くなってから、しばらくは、母の夢を見ることはなかった。夢に登場するようになったのは、死後三年を過ぎた頃からで、私が母の死という事実に、やっと納得できるようになってからだ。

母の昔気質がありがたいなと感じるようになったのも、その頃から……。

先般も、家の手伝いを頼んでいる方に、月ごとの御礼を渡す際、「いつもいつも新札では、たいへんですから、新札でなくて、けっこうですよ。それに封筒も、もったいないですから」。

そう言われて、はっとした。

子供の頃から母から預かる習字やピアノの御月謝は月謝袋と記された袋に、必ず新札を入れ、先生にお渡しする。それがごく当り前のことであった。

上京して下宿生活を始める際にも、大家さんへの部屋代は、新札で、前月末、又はその月の一日に持っていくよう教えられた。日常的な買物や交通費はともかく、決まりごとでお金を渡すとき、はだかのままで渡すのを、良しとはしなかったのである。母のそれは、かなり徹底していて、テレビや冷蔵庫、呉服を購入する折にも、値段をきき、必ず封筒に入れ、手渡していた。たぶん、中身は新札だったのだろうと想像する。

母は、士農工商の価値観の根強い時代に鹿児島の旧《ふる》い家で育った。その名残なのだと思うが、私たち姉妹への躾《しつけ》も、ずい分と厳しかった。畳の縁《へり》を踏むとピシャと足元に手がとんでくるのはもちろん、お辞儀の仕方をどんなに直されたかしれない。それに、子供の楽しみである硬貨を握って駄菓子屋や紙芝居にいく、といったことを許してはくれなかった。

母の目を逃れるようにして、紙芝居を遠い遠いところから、そっと見ていた私。どうして、わが家だけが、こんなに窮屈で面白くないのか。母の頑固さが、嫌でたまらなかった。そんな母の昔気質が、ありがたいな、と感じられるようになったのは、ここしばらく、母が亡くなってからである。

先の御礼の件も、今更、変えることはできず、毎月、せっせと新札を溜めては、お渡ししている。母から教わったもろもろが、何だか、美徳のようにも感じられてきたからである。

思えば、ご近所から、食べ物のおすそわけをいただいた折、母は必ずお返しする器の中にマッチを入れて、お渡ししていた。マッチがまだ貴重品だった頃のことである。ああ、あれは、感謝の気持の表現方法の一つだったのだな。そうしたことをはじめ、今になって、母のしていたことのひとつひとつの意味が、少しずつ、わかるようになってきた。紙芝居やお菓子を買う硬貨を握らせてくれなかったのも、子供がお金を持ち、自由に使うということから派生する様々のことを憂いての判断だったのかもしれない。

がさつで粗忽者を自認している私だが、折に、あいさつの仕方がきれいであるとか、所作が美しいと賞められ、驚くことがある。私そっくりの姉を見ていて、自分の姉ながら、そう感じることがあるので、私もちょっぴりは、母のピシャ、の効果があったかな、と僭越ながら思ってもみる。

つつぬけの空の青さよ母刀自《とじ》の愛は押しつけ木犀匂う

こんな親不孝な歌を、かつては、つくっていた私だが、母の昔気質の押しつけを、ありがたく思う機会が、これからは増えていく気がする。

夕庭の紫陽花

よく磨かれたガラス窓の向こうで紫陽花が揺れていた。

スコールのような白い雨が十分ばかり降り、上がったばかりのせいか、濃い藍色の花がしっとりと潤い、夕暮れ近い青い空気の中で、その部分だけが、妙に明るく感じられた。

初めて行く歯科医院だった。

もともと、歯はあまり丈夫ではなく、年に一、二度、疲れが溜まると痛み出す。がまんできなくなって、そのときは、あたふたと、歯科医院に駆け込むが、きちんと治さない。痛みがおさまると通院をやめてしまうので、また同じことが起こる。ここ何年か、そんな騒ぎをくり返している。

診察用の椅子に座って待っていると、先生が現われた。私より一世代上ぐらいと思われる穏やかそうな方である。

「道浦さんですか……」

カルテを見ながら、私の顔をまじまじと見つめて名前を呼んだ。呼んだというより、確かめるといった感じだった。

「はい、そうです」

そう答えた私に、

「お母さんも、ここに来ておられましたよ」

どこか、なつかしそうな口調だった。

「そうですか。母は九年前に亡くなりましたが、お世話になりありがとうございました」

私は通り一遍のお礼の言葉を述べた。その後、思いがけない話を耳にするとは、想像もしていなかったからである。

私からの言葉を聞くと、先生は奥の部屋に入ってしまい、姿を消してしまった。

「きっと、どこかにあるはずなんだけど、見つからなかったな」

しばらくの後、診察室に戻って来られた先生は、残念そうに、おっしゃった。そして、

「あなたのお母さんはロシアか中国、どこか、その辺りにいらしたでしょう」

そう尋ねた。

「ロシアか中国、それは聞いたことはありません」

質問が、あまりにも唐突だったので驚いた。だが、見返した先生の顔が、ずい分、真剣だったので、慌てて、言葉を付け足した。

「ロシアや中国に居たことはありませんが、私の両親は朝鮮半島からの引き揚げ者です。何か、そのことと関係がありますでしょうか」

「ああ、そのときのことだな」

納得したように答え、その後、ぽつりぽつりと先生が語って下さった話に、私は胸をつかれた。

もう三十年以上前になるが、母が来院し、X線写真を撮った。その写真を見て、びっくりした。上の前歯が四本、根元近くから揃って、ぽっきり折れていたからである。そんな症例は見たことがなかった。そこで、母に原因を尋ねると、

「ロシア兵に銃槍で打たれた、その傷跡だ」と答えたという。

珍しい症例だったので、その写真をずっと置いていたはずだが見つからない。娘さんである貴方に見せてあげたかった。

僕が驚いたのは、その出来事はもちろんだが、ぽっきりと折れた四本の歯が、根元のないいま、また、再生していたからだ。戦争中といった非常時には、人間の体って、不思議な生命力を発揮するものだと、感心したんですよ。

白衣姿の先生は、腕を組んだまま、天井をじっと仰いでいらした。

何と答えていいか、わからなかった。先生は症例として話して下さり、人間の生命力にひきつけて解説して下さったが、私は、もっと別のことを考えていた。

頭を丸刈りにし、顔に墨を塗り、男性を装っての母の逃避行。断片的ではあったが、戦争終結後、朝鮮半島を北から南へと縦断した引き揚げ時の話は、父や母から何度も聞かされていた。

だが、銃槍の件は、はっきりと聞いてはいなかった。

「詳しい話は知りませんが、命に関わることが何度もあったようです」

先生には、それしか答えようがなかった。急には記憶がたぐれなかったのである。

その夜、夢を見た。

帰宅してから、姉に先生から伺った話をし、二人の記憶をつなぎ合わせ、眠っていた記憶をたぐり寄せたのである。

それは、どこなのかわからない。

地に頭をこすりつけて土下座している母がいる。母の背には、まだ一歳にもならない赤ん坊の姉がくくりつけられている。

母を取り囲む数人の兵。

日本兵ではない異国の兵だ。

土下座姿の母を、兵たちが頭から殴打している。その中の一人が、銃槍で母の口元を打つ。

どっと倒れ込む母……。

母の背で泣く姉の声……。

仰向いて倒れたままの母の口元から、真っ赤な血が流れ出ている。いつのまにか、姉の姿が消え、母は白い靄《もや》に包まれ、かすんで見える。


夢が急に色彩を失い、モノクロームになった途端、目が覚めた。

何とも苦しい夢であった。昨夜の話が、そのまま夢となって現われたのだろう。

それにしても、前歯四本を折られても、母は生き残り、姉と共に日本へと帰り着いた。そして、その生命力の象徴のように、母の四本の歯は再生を果したのである。

そのとき、母に何があったのか。それは、わからない。だが、母も、当時、一歳にも満たなかった姉も、無事、日本に戻り、新しい生を営むことができ、今に至っている。

夢の中で、異国の兵たちに囲まれながら、必死で土下座している母……。

なぜか、歯科医院で見た、しっとりと濡れた紫陽花の濃い藍が、母の姿に重なるように思えた。

鶴だ、鶴が飛んでる。

私には三つ年上の姉がいる。

なだらかな柿の木見れば姉の木と思い初めたり秋のたましい

最近も、姉にちなんだこんな一首をつくってみたが、がさつな私と違って物静かで聡明、自慢の姉だ。

姉と私の違いは、たんに性格だけではない。彼女はうんと器用で、呑みこみが早い。習字や長唄、三味線といった芸事の筋が、じつにいい。短期間のうちにメキメキと腕をあげ、驚くほどうまくなる。不器用で呑みこみが悪く、努力しても努力しても、成果がなかなかあがらない私とは、全く異なるタイプである。

習字、長唄、三味線、日本舞踊。少女時代、さまざまの習いごとをさせてもらいながら、何ひとつモノにすることのできなかった私は、その原因を、できすぎる姉のせいにして、今に至っている。

これから話そうとすることは、そんな姉ゆえに起こった出来事、ともいえるだろうか。

彼女が小学校五、六年生の頃だ。当時、姉の通っていた和歌山大学附属小学校、その大学の演劇部の公演に子役で出演することになった。


——傷ついた鶴を助けた男の元に、ある日美しい女性が訪ねてくる。彼の女房となった女性は天女がもたらすような美しい布を織り男を喜ばせる。


少年少女文庫で読んだ『鶴の恩返し』、大学生が演ずる舞台に、何人かの子役にまじって姉が登場する。何しろ、めったにあることではないので、公演当日は一家総出で見物に出かけた。母が急いでつくった花柄のちゃんちゃんこに防空頭巾のような被り物をかぶった姉は、舞台の上でもとりわけ目立っていた。ときどき言うセリフにメリハリがあるし、動きが誰よりもいきいきしている。そんな姉を見て、私も嬉しくてたまらなかった。

ところがである。

『鶴の恩返し』のクライマックスは女性が男の前から姿を消すところにある。

——自らの羽を一枚一枚抜きながら、恩ある男のために布を織り続けた鶴の化身。だが、本当の姿を見られてしまった鶴は、最後の布を置いて大空へ帰っていく。

女性がいなくなったことに気づき、男は彼女を探して家の外に出る。そこにたった一羽、空を飛んでいく鶴の姿が……。

「あっ鶴だ、鶴が飛んでる」

姉はけんめいにそう叫んだ。だが、その間合が、物語からずれていた。家の外に出た男が、落胆の言葉を述べた後に言うはずのセリフを、彼のセリフの前に言ってしまったのである。お芝居が、あのあと、どう運んだのか、よくは覚えていない。ただ、その夜、ずっと無言のまま何かに耐えているような表情をしていた姉のことは、今になっても忘れないでいる。「あっ鶴だ、鶴が飛んでる」のセリフは、本当は、私以上に姉にとっての忘れがたいセリフなのかもしれない。

時代撃つ言葉――『茨木のり子詩集』

言葉が光る。
言葉が匂う。
言葉って、こんなに綺麗なものだったんだ。

そんな思いを抱いたのは、いつだっただろう。高校に入って間もない頃だった気がする。

紀州・和歌山市で生れ、中学校を卒業すると同時に大阪府下の吹田市に移り住んだ。父の転勤のためだったが、入学したのは、府内きっての進学校だった。

地方の城下町の中学校で、のんびりと過ごしていた私にとって、受験勉強一筋の高校は、まるで向いていなかった。授業にはついていけず、成績は、もちろんダメダメダメ……。

そんな私にとって、唯一の慰めは、校門のそばにあった図書館だった。授業が終ると、あたふたと図書館に行き、好きな本を選んでは読んだ。

その頃、母が「婦人公論」と「装苑《そうえん》」という雑誌を、毎月、定期購読していた。「装苑」はファッション誌に近く、写真の多い本だったが、ある日、ページをめくってみると、巻頭のグラビアに、新作の詩が載せられていた。「詩」、教科書で習いはしたが、そこにあった「詩」は、今まで読んだことのない「詩」だった。

作者は茨木のり子。

私はすぐに、図書館で、茨木のり子の本を探した。それは、詩集と呼ばれる、初めて読む「詩」の世界への案内者だった。

短い言葉が星座のようにキラキラと輝き、美しい音楽をかもしながら、銀河のように流れていく。

それは私の知らない言葉の世界、「詩」と呼ばれる、選ばれた言葉たちの躍動だった。

茨木のり子の詩の中では、「わたしが一番きれいだったとき」が好きだった。

わたしが一番きれいだったとき
街々はがらがら崩れていって
とんでもないところから
青空なんかが見えたりした

わたしが一番きれいだったとき
まわりの人達が沢山死んだ

工場で　海で　名もない島で
わたしはおしゃれのきっかけを落してしまった

こんな言葉に出会ったことがなかった。ごく普通の言葉なのに、一言一言が、私の胸をときめかせた。私が秘かに求めていたのは、こんな世界ではなかったか。そんな思いが育ちはじめた。

加えて、「大男のための子守唄」。

「おやすみなさい　大男」で始まり、

お眠りなさい　大男
二人で行けるところまでは
わたしも一緒にゆきますけれど

で終る一篇も、くり返し読み、すっかり諳《そら》んじてしまった。

流れる星のような言葉で人の胸をとらえ、時代を撃つことのできる「詩」というもの。『茨木のり子詩集』との出会いは、私にとって、言葉の森に分け入る、かけがえのない、きっかけとなった出来事だった。

自己流――初学の頃

初恋と短歌とは、どこかで結び付くものが、あるのだろうか。
初めて、短歌をつくったのは、初デートの、その夜だった。

何も言わず見つめるのみのわが愛を君知らずして今日も過ぎゆく

十八歳。高校三年生の冬休みだった。東京の大学に、すでに入学し、帰省してきた先輩に、デートに誘っていただいた。受験勉強の気分転換に京都にでも行きませんか。との葉書が届き、先輩と共に、京都南禅寺を訪ね、北白川周辺を散歩した。その日、帰宅したものの、頭がボーッとして、勉強に、手がつかなかった。そのとき、日記代りにしていたノートに、何気なく書いたのが、先にあげた一首である。

何故、短歌だったのか。未だに、それは、わからない。ふっと湧いて、書き留めた言葉が、短歌だったのだ。この一首を、自分のノートにだけ残しておくのは、もったいない。かといって、彼に送る勇気もない。そこで、いつも目にしている新聞の短歌欄に送ってみよう。そう考えたのである（ひょっとして、彼の目にも触れるかもしれないから）。しばらくの後、新聞を開くと、私の歌が、活字となって載っていた。生れて初めてつくった短歌が新聞に掲載されたのである。嬉しかった。白い雲の上をフワフワと歩いているような喜びだった。

祈り込め細く鋭く削りゆく鉛筆よ明日はお前の日なり

又、投稿した。この一首も活字になり、掲載紙は、受験のため、上京していた杉並の旅館まで、母から速達で届けられた。

私の短歌の出発は、ここから始まった。

といっても、すぐに短歌と結ばれることはなかったのである。

受験の失敗、浪人、一年後の入学。大学には入ったものの、当時の大学は騒然としていて、とても短歌どころではなかった。学園闘争期の真っ只中の大学生活で、何を目標に歩いていっていいのかが、わからなかった。

ただ一度だけ、短歌に縁を求めていったことがある。大学構内にある学生会館に、早稲田短歌会を訪ねていったこと。あまり、きれいではない部室には、二、三人の男性がいて、昼間から、お酒を飲んでいた。「短歌会に入れてほしいのですが……」と言うと、「お前が短歌か?」と毒づかれた。ぽっと出の女子学生に、短歌はふさわしくないと思われたのだろう。私自身も、彼らの雰囲気になじめない気がして、二度と訪ねることはなかった。

一九六九年一月十八、十九日。東大安田講堂で、学生と機動隊の激しい衝突のあった夜。神田周辺で、ガス弾にまみれて、下宿に戻ったとき、湧き上がってきたのが、

炎あげ地に舞い落ちる赤旗にわが青春の落日を見る

右の一首である。逮捕された仲間に、同じ思いの面々に届くようにと、また、新聞に投稿した。

これを採り上げてくださったのが近藤芳美先生である。

私の初学は、全くの自己流。短歌の何も知らずに、心から湧き上がるものを、五七五七七にあてはめたもの。いえ、湧き上がってきた五七五七七が短歌だったといった方がいいだろうか。

それから一年後に、豊島園の近藤先生宅を訪ねるのだが、初学は以後も続き、今も、自己流を続けている私である。

やめるか、否か

私の第一歌集『無援の抒情』は一九八〇年の年も終ろうとした頃に刊行された。版元は雁書館。五百部の自費出版である。年が明けると、どのようなルートからなのか解らないが、黒い表紙のその本は、多くの人に求められるようになった。小さな版元で、書店に並ぶこともなかったのに、大書店が平積みにしてくれるような現象となった。

たぶん単行本は十版くらいまでいったのだと思う（著者の私には報告なしだったのでわからないが）。

それは私にとっては、思いがけない出来事だった。新聞で紹介されたり、インタヴューの申し込みが次々とあった。私は朝日の「ひと」欄には登場したが、それ以外の取材は辞退していた。住所その他も、マスコミにほとんど知らせることもなかった。それでも歌集の奥付に住所が記されていたので、ダンボール一箱分ぐらいの手紙類が届いた。主に私の世代の子供を持つ父親や母親の方たちからだった。二、三年後、版元から次の歌集を、との話があったが、その気にはならなかった。

『無援の抒情』は、私の心の区切りとして出したもので、歌人になろうとか、うたを続けようとは、決めてはいなかった。どちらかと言えば、うたをやめたいという思いの方が、強かった。時代も変り、私自身の生活も変っていたから、第二の『無援の抒情』など、生れるはずがない。そう考えていた。だが、あるとき、うたは続けようと思った。書いた者の責任があるのでは？それを受け止めなくては……。そう思い至った。

一九八六年十二月に『水憂』、八七年一月に『ゆうすげ』、たて続けに二冊を出した。『水憂』は『無援の抒情』の延長、『ゆうすげ』は、個の生活を。二冊出すことで何とか乗り切った気がしたが、どうだったか。

短歌に刻印された安保闘争

六月十四日（二〇一五年）、羽田・弁天橋を訪れた。道に迷い迷いの末、辿り着いた橋は、意外に小さかった。橋の小ささが心に沁みた。四十八年前（一九六七年十月八日）、この橋の上で、一人の学生が命を奪われた。

山崎博昭さん、当時、十八歳、京都大学文学部在学中の学生である。この出来事は、早大の学生となり、ベトナム戦争反対デモに参加しつつあった私に大きな衝撃を与えた。権力と闘うのは、命がけのことなのだと、私に知らしめてくれた出来事だったのである。

同じような体験を中学生時代にしたことがある。一九六〇年六月十五日、反安保デモに参加していた東大生、樺美智子さんが、国会正門前での警官隊との衝突で亡くなった。そのことを知って、女性でも、命を賭けて、自分の信念を貫く存在がいるのだ、と子供心に深く刻まれた記憶がある。

私に与えられたテーマは「短歌に刻印された安保闘争、そのころのこと」だが、一口に「安保」といっても、「六〇年安保」と「七〇年安保」の二つがある。

時代の経過に従っていえば、樺美智子さんは「六〇年安保」、山崎博昭さんは「七〇年安保」、共に闘いの中での死といっていいと思う。

短歌の世界に於ては、「六〇年安保」といえば、誰しもが思い出すのが、当時、國學院大学の学生であった岸上大作の歌集『意志表示』だろう。

意志表示せまり声なきこえを背にただ掌の中にマッチ擦るのみ
呼びかけにかかわりあらぬビラなべて汚れていたる私立大学
装甲車踏みつけて越す足裏の清しき論理に息つめている
幅ひろく見せて連行さるる背がわれの解答もとめてやまぬ
全学連に加盟していぬ自治会を責めて一日の弁解とする

岸上大作『意志表示』

一九六〇年九月号の「短歌研究」新人賞に特選はなく、推薦四篇のなかに岸上大作の「意志表示」四十首も含まれている。

巧妙に仕組まれる場面おもわせてひとつの死のため首たれている
こみあげてくるものを知るこみあげている涙のようなかたちにありて

ヘルメットついにとらざりし列のまえ屈辱ならぬ黙禱の位置
血と雨にワイシャツ濡れている無援ひとりへの愛うつくしくする

これらの歌には、

「黙禱　6月15日・国会通用門」

との見出しが付けられている。先の四首を含む一連は、樺さんの死を知って、国会通用門に駆けつけての作と推察される。まさに「湯気の立つような材料」（岡井隆の新人賞講評「短歌研究」）を作品化しているのである。

『現代短歌全集』第十四巻に収録された『意志表示』については、藤田武が解題で、《安保闘争のなかでの、純粋に革命と愛に生きようとした青春の苦悩が刻まれており、闘争歌の新しい表現への可能性が表現された。》と記している。


岸上大作と共に新世代の一人として注目されていた歌人に、当時、立命館大学法学部の学生だった清原日出夫がいる。

冬の陽はかげりしままに暮れゆかん〈不戦の集い〉のなかに入りゆく
わだつみの像を花束埋めゆき　ああいま欲しき理解ある批判

何処までもデモにつきまとうポリスカーなかに無電に話す口見ゆ
不意に優しく警官がビラを求め来ぬその白き手袋をはめし大き掌
釈放を求める隊に夜は来て頭上投光器が秘かに置かる
清原日出夫『流氷の季』

清原日出夫については、彼の師である高安国世が、『流氷の季』の序の中で、《あの学生デモに対する評価や批判はどのようにもあれ、そして彼の思想や立場がいかようにもあれ、あのころの政治的運動のまんなかから、直接行動に参加している人間として、これほどなまなまと誠実の声をうたい上げた歌人はなかったと思う。》との見解を呈している。

では、「七〇年安保」に於ては、どうであったのか。たまたま先日、他の仕事で『田井安曇《たいあづみ》作品集』を読んでいて、次のような作品に出会った。

怖れよりむしろ機動隊の若者の深き林に嬲《なぶ》られてある
学生に近づけざりしゆえよしをぼろぼろになりて語りあいたり
蒲田まで戻りしときに石打ちてたたかう学生が写されたりき
佐藤阻止できざりしかば帰りくる帰らぬこころ少しありにし
田井安曇『たたかいのししむらの歌』

「蒲田」と題されたこの四首は、奇しくも山崎博昭さんが亡くなった一九六七年十月八日の弁天橋のことを歌っている。

先般、山本義隆氏（元東大全共闘議長）の話を伺う機会があったが（彼は一九六〇年四月東大入学、その六月に樺さんの死があった）、一九六七年の羽田、それに続く王子や新宿闘争のときには、学生の回りに多くの市民がいた。直接的な行動には出ないが、学生と思いを同じくする市民が、彼らを取り巻いていた。自分も、その一人だったと話しておられた。田井安曇も、そんな一人ではなかっただろうか。すでに教師としての職を得ていた彼にとって、それはぎりぎりの行動だったのだと考えられる。

撲られに行きしひとりのこころなど国の在り処《ど》と関わらぬかも　同

田井安曇は、弁天橋までは行けなかったが、行こうとした市民の一人だった。

十・八がたちまち分けたりし踏絵のごとき一夜ありけり　同

「十・八」という踏み絵を前にして、田井安曇は、何かを越えたのである。では、何かとは何か。政治的立場を変えることなく生きる、その道を選んだ。私はそう考えている。

私も十・八で、人生が変った一人である。

自分のことを記すのには、大いにためらいがあるが、ここまで来ては避けるわけには、いかない。

それまで、学生デモの後ろから、おどおどと従《つ》いていく一人でしかなかったが、意志的に参加するようになったのは、山崎博昭さんの死がきっかけだった。私だったかもしれない死。その死を無にしてはならないとの思いが、ふつふつと湧き、羽田以降、私は積極的に学生デモに参加するようになった。

迫りくる楯怯えつつ怯えつつ確かめている私の実在
催涙ガス避けんと秘かに持ち来たるレモンが胸で不意に匂えり
ガス弾の匂い残れる黒髪を洗い梳かして君に逢いゆく
『無援の抒情』

これらは、学生デモに意志的に参加するようになってからの作だ。なかでも、私にとって、忘れがたい日となったのは、一九六八年十月二十一日の国際反戦デーであり、当日の学生デモに騒乱罪が適用されたことだ。その延長として、私は同年十二月の初め、杉並の下宿で令状逮捕された。

ビラ一枚見出すことなきわが部屋に五人の刑事の苛立ち満ちる
署から署へ移されて乗る護送車の窓に師走の街映りいつ
「何のため」湧きくる迷い捨てるとき今日の黙秘を決意するとき
調べより疲れ重たく戻る真夜怒りのごとく生理はじまる　　同

杉並の下宿で、私の手に手錠が下ろされたとき、私は私の人生は終ったと思った。二十一歳だったが、すでに自分の人生に未来はないと思ったのである。

一九八〇年十二月末、私は、それまで「未来」に投稿していた作品をまとめ、一冊の歌集を自費出版した。それが雁書館発行の黒い表紙の『無援の抒情』である。

『無援の抒情』は、単行本が十版まで版を重ね、以後、一九九〇年に岩波同時代ライブラリーに収められ、その後、岩波現代文庫にもなっているので、数万の読者を得た歌集である。ここまで来て、あまりに、自分のことを語りすぎ、反省の思いが湧いて来た。

最後に、「六〇年安保」は、日米新安保条約の自民党の強行採決への異議が発端であり、「七〇年安保」は、ベトナム戦争反対を基に全国の大学に広まった学園闘争との合体としての行動と認識されるもので、いずれも、好戦国・アメリカとの安保条約反対が主となっている。

弁天橋での山崎博昭さんの死は、激しくなっていたベトナム戦争下に、南ベトナムへ向かおうとした佐藤首相の訪ベトナムを阻止しようとして起こった出来事であることを記しておきたい。なお、「六〇年安保」をうたった岸上大作は自死を遂げたが、「七〇年安保」の中で、人生を終えた思いの私は、いまだ、短歌と関わり続けている。

明日あると信じて来たる屋上に旗となるまで立ちつくすべし　同

この思いの下に――。

処刑を前に「明日」を偲ぶ――戦没学生の無念

音もなく我より去りしものなれど書きて偲びぬ明日という字を　木村久夫

忘れがたい一首といわれると、つい、この歌が浮んでくる。

『きけ　わだつみのこえ――日本戦没学生の手記』（現在は岩波文庫など）を手にしたのは、高校時代。図書館で見つけ、家に持ち帰り、一気に読んだ。当初、「日本戦没学生」という言葉の意味がよくわからなかったが、読み進むうちに、「学徒兵」と呼ばれる勉学途中で戦場に赴き、生命を失った人たちのことだと理解できた。

学生の立場なのに戦場にいかなければならなくなり、ついには死に至った人たち。その心情を細かく描いた一人が、先述の木村久夫氏である。

彼は大阪府出身、昭和十七年四月に京都大学経済学部に入学。その年の十月に入営。戦争終了後、シンガポール・チャンギー刑務所で、戦犯として刑死。二十八歳での死である。

先の一首は、処刑を前にしての思いを託しての歌であり、当時の彼の心境を如実に物語るも

ので、

のでもある。

木村氏の遺書は、死の数日前、偶然、手に入れた田辺元著『哲学通論』の余白に記されたもので、

日本は負けたのである。全世界の憤怒と非難との真只中に負けたのである。

私は死刑を宣告せられた。誰がこれを予測したであろう。年齢三十に至らず、かつ、学半ばにしてこの世を去る運命を誰が予知し得たであろう。

私は何ら死に値する悪をした事はない。悪を為したのは他の人々である。

日本の敗戦、それに伴って、自らの身にふりかかった戦犯という烙印。学問半ばで死んでいかねばならない悔しさ。自分は本当に死ななければならない罪を犯したのか。揺れる心情が細かく記され、処刑前には、「私の命日は昭和二十一年五月二十三日なり」と記しているが、別のところでは命日よりは誕生の日を祝ってほしいとの記述も残されてある。生き続けたい。だが、死んでいかねばならない自分。それを見据え、「明日」という字を書いて偲ぶ作者。彼の来し方を重ねながら読むと、自然と熱いものが、こみあげてくる。

たまたま、彼の生家が、私の住む大阪・吹田市内であったことから、私は彼の墓を探しあて、墓詣もした。

近年、戦犯とされた彼の死を深く掘り下げた加古陽治著『真実の「わだつみ」』（東京新聞）、木村氏の上官だった鷲見豊三郎氏による『或る傍観者の記録』（同）が刊行され、彼にあらたな光が投げかけられている。

「学徒兵」、学業半ばでの戦場への出兵。それを余儀なくされた当時の学生たち。今の若者は、そうした事実をどのように、受けとめるのだろう。

「愛と革命」の情熱と幻想——『蒼ざめた馬』

「愛と革命」という言葉が光を放っていた時代があった。一九六〇年代後半から七〇年へ。いわゆる団塊の世代と呼ばれる人たち（私も含まれる）が、学生期を過ごした頃だ。

学内から起こった学費値上げ反対運動から始まり、当時、激しかったベトナム戦争反対運動へと、次第に昂ぶりを増していった一連の行動。そうした中で「愛と革命」なる言葉は、学生たちの間で、合言葉のように使われていた。

ロープシンの『蒼ざめた馬』（川崎浹《とおる》訳、現在は岩波現代文庫）を読んだのは、そんな渦中だった。ロシア語を専攻していた友人から、「ロシア文学を読まないと、今を語れないよ」と言われ、何冊かを買い込んだ。

だが、どれも難解だった。ドストエフスキーの『罪と罰』や『カラマーゾフの兄弟』、トルストイの『戦争と平和』など、手にはとってみたものの、大作を読破するほどの根気も力もなく、いずれも中断。友人の前では「読んだふり」をきめこんでいた。唯一、最後まで読み通したのが『蒼ざめた馬』である。

物語は、ロシア革命を背景として、主人公がその混乱に翻弄される姿が、日記風の告白体で綴られた、かなりスリリングなものだ。長さが、読み進むには、ちょうどよく、加えて、この小説にひかれたのは、抒情詩を思わせる流れるような表現と文体、その美しさに圧倒されたからだ（川崎浹の翻訳が素晴らしかった）。

きのうは朝からむし暑かった。ソコーリニキの森では樹々が陰うつに黙りこんでいた。（中略）雨が激しく木の葉をうつ。ためらうように、青い火となって、最初の稲妻が光った。

情景描写が、フランスの象徴詩を思わせたし、

大きな黒い眠りが
私の生命に降りてくる
眠れ、すべての希望よ
眠れ、すべての羨望よ

物語のところどころにちりばめられている詩に宿る暗い情熱が、その頃の私の心に沁みた。

無性にモスクワに行きたかった。『蒼ざめた馬』の舞台であるロシアの地を踏みたかったのだ。

北海道から船でナホトカ、そこからはシベリア鉄道に乗って、モスクワに行きたいの、と母に話したが、そんな無茶な旅はダメっと一蹴された。

「愛と革命」が日常となっている国のその姿を見たかった。当時は、歴史の激変などは思ってもみず、浮かれたように「愛と革命」の幻想を追い求めている幼稚な女子学生だった。

二十年前、ウクライナのチェルノブイリ原発を取材したとき、飛行機の上からシベリアの大地を目にし、その後、モスクワ空港に、ほんの少し立ち寄った。あんなに憧れていた地に、今、私は立っている。そう思っただけで、ときめき、学生時代の気持になっている自分に、あらためて驚き、遠くなった「愛と革命」を思った。

作品と人物の落差にあきれ果て——啄木全集

短歌は苦手という人でも、石川啄木の歌は、一首や二首、ご存知だろう。

東海の小島の磯の白妙に
われ泣きぬれて
蟹とたはむる

たはむれに母を背負ひて
そのあまり軽きに泣きて
三歩あゆまず

これらの歌を収めた歌集『一握の砂』の刊行は一九一〇年。今から百年以上も前だが、啄木の歌の甘美な青春性は、現代にあっても新鮮に映る。

私が彼の作品と真剣に向き合うようになったのは、短歌の師、近藤芳美氏が「啄木の歌から出発した歌人は上達が早い」、そう、おっしゃったことに起因する。

或る時のわれのこころを
焼きたての
麵麭《パン》に似たりと思ひけるかな

たんたらたらたんたらたらと
雨滴《あまだれ》が
痛むあたまにひびくかなしさ

二十代、手元にあった『啄木歌集』（岩波文庫）を繙《ひもと》いてみると、右のような歌に◯印がついている。

ところがである。思い切って『石川啄木全集』（筑摩書房）を購入し、彼の日記や小説、啄木についての研究書を読み、がっかりした。がっかりというより、あきれ果てたのである。

大といふ字を百あまり

砂に書き
死ぬことをやめて帰り来れり

愛犬の耳斬りてみぬ
あはれこれも
物に倦《う》みたる心にかあらむ

作品からそれとなく伝わる虚言癖、自らの歌集の章に「我を愛する歌」と称するエゴイズム。とんでもない男性だと思った。

有名な話としては、啄木は自分の結婚式に出席していない。東京から故郷・盛岡へ向かいはしたものの、途中で失踪、十日間行方不明。その間に、仙台在住の詩人・土井晩翠の夫人から借金をして、再び行方不明となった。

エゴイストで借金魔の啄木を地でいくエピソードだが、彼のいちばんの被害者は、その妻・節子。啄木の盛岡中学以前からの幼なじみだが、

やはらかに積れる雪に
熱《ほ》てる頬《ほ》を埋《うづ》むるごとき

恋してみたし

友がみなわれよりえらく見ゆる日よ
花を買ひ来て
妻としたしむ

果して二人の結婚生活は幸福だったかどうか。澤地久枝『石川節子――愛の永遠を信じたく候』（文春文庫）は、詳細な取材を元に、節子側から見た啄木像を鮮明に描き出している。作品と実際の人物との落差。ことに短歌は、一人称で物語る詩型なので、作品イコール現実と受け止められがちだが、全てがそうではない。

短歌の理解を深めるには、作者の背景を知り、掘り下げること。その大切さを知り、ぼちぼちと歌人の小伝を書き始めたのは四十代半ばになってから。取材の為に日本各地を訪ねたが、啄木の生地、盛岡市渋民にある石川啄木記念館は、まだ、伺わないままである。

聖なる河で「死」と向き合う——『メメント・モリ』

おかしな子どもだった。

「寝たら、そのまま死んでしまうかもしれへんから、寝えへん」。そんなことを言って、毎晩両親を困らせた。「死」の意味は解らないが、眠ることが「死」に通じると考えていたからである。

困り果てた両親は、私を祈禱師のところに連れて行ったり、お祓いを受けさせたりした。だが、効果はなく、最後に、心穏やかになるようにと、ピアノを習わせてくれた。本を読むのとピアノを弾くことで、少女時代の私の心は、ゆっくりと開いていった気がする。

「死」の恐怖は、ずっと続いてはいたけれど……。

いのち、が見えない。

こんな言葉で始まる一冊に出会ったのは、三十代の半ば。「死」の恐怖からは逃れられたけど、「死」とは何かを突き詰めて考えつつあった頃だ。

生きていることの中心《コア》がなくなって、ふわふわと綿菓子のように軽く甘く、口で噛むとシュッと溶けてなさけない。

生きている実感がなく、ぼやんとした浮遊感の中で、アップアップしていた私に、その本の言葉は突き刺さってきた。

藤原新也『メメント・モリ』（現在は三五館）。著者は写真家であり、本は、もともと、写真集である。だが、写真の片隅に記されている短詩のような言葉が、鋭く、重く、読む者に迫った。

死の瞬間が、命の標準時。

此《こ》の世は彼《あ》の世である。
天国もある。
地獄もある。

それまで読んだ、どんな宗教書よりも、説得力のある「死」への架橋が、その本には収められていた。

ニンゲンは犬に食われるほど自由だ。


このページの前では、立ちどまった。裸に近い姿で死んでいる人間を、犬が食べている。ショックだった。ショックではあったけれど、どこか吹っ切れるものがあった。

「死」、いえ、人間の一生なんて、あっけないものだ。生に執着しているから、「死」が怖いのでは？　そんな思いが湧いてきた。

写真集の舞台であるインドのバラナシに行ったのは一昨年秋。近年、小説を書き始めていた私は、二冊目の『光の河』の取材の為に行った。というより、『光の河』の最後はバラナシにしようと、最初から決めていたのである。

ニンゲンが犬に食われるほど自由な町、バラナシは、生と死が交叉する町だ。

花を手にし、祈りを捧げながら、人々は一斉に聖なる河、ガンジスへと向かっていく。その群れに混じって、ガンジス河に降り立った私は、もう何も怖くなくなっている自分を感じていた。「生」も「死」も全て私の中にあった。

『メメント・モリ』は、今をさまよう心の、貴重な聖典のように思える。

言葉から分析する「今」――吉本隆明『日本語のゆくえ』

言葉は社会の水鏡。ずっと、そう考えてきた。私たちが生きる「今」を、端的に、しかも刺激的に映し出す言葉。今様《いまよう》として散在する言葉を分析することにより、「今」が照らし出される。

本書は、芸術と言語、政治と文学、「共同幻想」における言葉の役割など、日本語についての多角的な考察を重ねてきた著者による「今」を知るための日本語論である。

著者は、現在の若手詩人の作品は「『過去』もない、『未来』もない。では『現在』があるかというと、その現在も何といっていいか見当もつかない『無』なのです」と語り、その理由として、詩の中に「自然」がなくなり、自然に対する感受性がなくなってしまっている、と指摘する。

この指摘は、若手詩人の作品の問題だけではなく、現在日本の抱え持つ苦悩に通じる。著者は、詩、つまり言語を語ることによって、脱出口の見えない、日本の「今」の分析を試みているのである。

読み進むにつれ、長年、著者が積み上げてきた言語論の周到さと緻密さに圧倒される。とりわけ、芸術言語の価値に触れ、感動詞を極限とする「自己表出」と、物をあらわす名詞に代表される「指示表出」、そのふたつの糸を縒《よ》り合せた「織物」みたいなものが言語である、と語っている点は、言い得て妙、わが意を得たりの感があった。

私のかかわる短歌は、物をはじめとする「目に見える対象」に託して自己表出する文学そのものだから、それを「織物」と表現されることによって、創作の勘どころを示唆された気がしたのである。

神話や古代歌謡、『源氏物語』をはじめとする物語や小説、近代詩から国家論まで、本書の内容は、日本の言語史を軸とした日本語論、日本論ともいえ、包括的で実に多岐にわたる。

著者の母校（東工大）での講演をまとめた本だけに、分かりやすいのが魅力だ。吉本隆明という巨大知識人を知る第一歩として、ぜひ読んでほしい一冊である。

汪洋の人——近藤芳美氏を悼む

近藤芳美先生が亡くなられた。この数ケ月のご様子から、それとなく覚悟はしていたが、いざ、現実となると痛みは深い。先生は、私にとって、ある意味で、精神的な父といえる存在であり、頼りがいのあるバックボーンであった。おおらかで、汪洋《おうよう》を旨としていた先生からは、作歌について、細かな指導を受けた記憶は、あまりない。むしろ、自分の背中を見せ、「僕のように生き、僕のような仕事をしなさい」と、身をもって示してくださっていた気がする。短歌は、作者の生き方そのものであり、詩とは志である。そのことを全存在をもって体現された貴重な、お一人であった。

大学在学中の一九七一年の五月、電話帳で先生の電話番号を調べ、ぶしつけに電話した私に、「じゃ、一度、うちにいらっしゃい」とおっしゃり、その言葉に導かれるように東京・豊島園のご自宅をお訪ねしたのが最初の出会い。歌人とは、こういう方なのかと、いたく感動した。体格も大きくて立派でいらっしゃるのに加え、体全体から、醸し出される存在感が、驚くほど、ゆったり、悠々としていたからだ。

作風についても、同様の印象があり、歌柄《うたがら》が大きく、つねに世界の一員である自分といった視点を貫いていらした。

一方で、繊細な心情を持つロマンチストでもあり、

たちまちに君の姿を霧とざし或る楽章をわれは思ひき

など、短歌を通して結ばれたとし子（本名・年子）夫人をうたった相聞歌は美しく、時代を重ねてもみずみずしさを失わない。

昨年、お見舞いに伺った折には、待ち兼ねていらしたように、自ら諳《そら》んじ、頭に刻みつけておかれた歌を口述筆記するよう、ご指示があった。目を悪くされ、原稿用紙のます目がよく見えないので、すべて暗記している、と三十首余りの歌をすらすらと口に出され、私の筆記が追いつけないほど流暢に、次々と短歌を披露されるのには、歌人魂というか、歌人・近藤芳美の真髄をあらためて知らされる感があった。

最後にお目にかかったのは、この（二〇〇六年）四月二十六日。輸血治療のため、入院中の世田谷の病院である。一時間近く、お話をさせていただいたが、言葉の一語一語が、じつに明晰で、日本の現在、世界情勢を憂い、最期まで、現実と向き合おうとする強い意志が伝わってきた。

朝鮮半島で生れ、当地で少年時代を過ごした先生にとっては、そのころのことが忘れがたい

のか、慶尚南道馬山《ばさん》の町の思い出などをぽつりぽつりと語り、少年のような表情に、ふっと戻って、時折なごやかな顔になられたことが、今となっては大切な記憶となった。

「僕の短歌が、今後、どのように評価されるかねえ」。ベッドの上で、そう語っていらした先生だが、岩手県北上市の日本現代詩歌文学館で、この六月四日まで開催されていた「近藤芳美展」は、自らの集大成の仕事ととらえ、たいそう、お喜びであった。だが、それが終ると、すべてを見届けたかのように、去っていかれた。


森くらくからまる網を逃れのがれひとつまぼろしの吾の黒豹

という代表作は、暗喩に満ち、当時のベトナム戦争と自身の戦争体験を重ねた作品。戦争に向かっていった日本という国と個人の関係についてつねに深い思索をされていた方だった。

戦後短歌の牽引者として、重責を存分に果しての充実の中での死であった。私はそう信じてやまない。ご冥福を――。

忘れられない歌集――『定本　與謝野晶子全集』

高い買物だった。

だが、当時の私にとって、手に入れるしかなかった。昭和五十四年十一月刊行開始の『與謝野晶子全集』（講談社）全二十巻。今でも、そのいきさつを、はっきりと覚えている。

関東から大阪に戻り、かねてから関心のあった晶子を読みはじめたばかりだった。子規全集や斎藤茂吉全集などは持っていたが、私の手元に、晶子全集はなかった。独り身になる云々の時期と重なり、月一回の配本を申し込みそこねたのである。せっせと大阪市内にある中之島図書館に通い、何とか、しのいではいたが、それだけでは、用が足りなくなってしまっていた。

そこで私は、知人の古本屋さんに依頼した。晶子全集を探してほしいと……。

半年後ぐらいだっただろうか。美装の全集が、見つかり、近々、神田の古本市のセリに出るとのこと。私は喜んだ。ところがである。古本屋さんの話では、セリは五十万円から始まる。いくらまでなら出しますか？　との質問である。

五十万円？　今から三十年近く前の五十万円である。本来の全集の定価は二九〇〇〇円（第一巻)。一冊三千円としても二十巻だと、合計六万円程度である。それが……。悩んだ私は、当時講談社に勤務していた小高賢さんに電話した。近く再販の可能性はないのか。答えはノー。講談社保管用の一セットがあるだけ。「何かで、あぶく銭でも手に入れて、取り戻すことですなあ」、小高さんは、そう言って高笑いをした。

どうするか? 迷いに迷ったが、古本屋さんに、ゴー・サインを出した。「五十五ぐらいまでですね」。セリの日、古本屋さんから電話が入った。「落としました。五十五万円で」。彼の声は弾んでいたが、私の胸は重かった。独身になったばかりの私には、痛い痛い金額だったからである。

届いた全集は、まだ人の手に触れられていないような美しさで、晶子好みの紫を主調とした装丁だった。嬉しかった。晶子が急に近くなった気がした。

薩摩焼の帯留め

「宝物ですか？」

私は素頓狂な声をあげた。

「そうです。読書のページですから、自分が大切にしている本を一冊、それに宝物を一点、選んでいただきたいのです」

「宝物って〝物〟なのですね」

「はい、写真に撮りやすいものにして下さると助かります」

担当の新聞記者は、電話の向こうで、たんたんと用件を述べた。

「宝物ねえ」

私は、あらためて考え込んだ。大切な一冊なら、すぐにでも選べるが、普段、生活をしていながら、これが私の宝物と、何かを特別に意識したことはなかった。

よくよく考えているうちに、二点の宝物らしきものが浮んできた。どちらも、私が大事にしていて、写真にも好都合のものである。

一点は、志村ふくみさんから譲っていただいた藍染めの着物。もう一点は、東京の画商から求めた秋野不矩《ふく》さんの静物画である。どちらにしようか迷っているうちに、それぞれの品物との出会い、その後のことが思い出されてきた。

志村さんの着物は、作者の生れ故郷である滋賀県・近江八幡の商家で個展をなさった折、私の目に飛び込んできた一枚。商家の入り口を入った途端、衣桁《いこう》に掛けられた藍の濃淡に、ところどころ濃い紅が染められた、まるで、琵琶湖の落日を思わせるような一枚だった。

ああ、この着物は、私を待っていてくれたのだ。僭越にも、そう感じた私は、他の着物を見ることもせず、その藍の着物を注文してしまった。後々、人伝《ひとづ》てにうかがった話では、「ガラリヤ」と名付けられた、その着物を、志村さんは手離すつもりはなく、自分の手元に置かれる予定だったそうである。「ガラリヤ」は船の名。医師でいらした志村さんのお父様が、宣教師と共に琵琶湖の湖岸の町々を巡った、その船の名なのであった。

そんな大事な一枚を……。恐れ入って、私は「ガリラヤ」に滅多に手を通すことはない。

もう一点の秋野不矩さんの静物画は、八号ぐらいの大きさで、インド更紗《さらさ》を思わせる布の上に、紫色のバンダの花が置かれているのが描かれているものである。

秋野さんが、まだ、ご存命だった頃、京都府美山町（現南丹市）にあるアトリエをお訪ねし、絵の話、インドの話など、うかがううちに、この方の絵を一枚、身近に置いておきたいな、と、分不相応な思いを抱いたのが発端である。

秋野さんは、自宅を二度、焼失されている。もちろん、作品も失っているのである。

「神さまが、まだまだ、ろくでもない絵だとおっしゃっているんでしょう」

何気なく、そう語って下さる秋野さんに、神々しいものを感じた私だったが、その思いが、秋野さんの作品を……、の願望につながっていったのだろう。

だが、作品入手は、なかなか難しかった。まず、秋野さんの作品は大作が多く、小品といったものは少ない。売るための作品を、あまりお描きにならないのである。

もう、諦め、そのことすら、忘れかけていた頃、東京の画商を名乗る男性から、一本の電話が、かかってきた。秋野さんの絵が見つかったので、一度、お訪ねしたい、とのこと。しかも、畏友、作家・黒川博行氏の紹介だということである。

私は、美術通の黒川さんに、秋野さんの絵の件を頼んでいたことを思い出した。画商が持参した絵を、私は一目見て気に入った。早速、購入することにしたが、画商は、すぐに首を縦に振らなかった。買い手が黒川さんだと思ったから、この値段をつけたのだが、素人さん（私）だったら、この値では売らない。せめて、新幹線代と手間賃を上乗せしてほしい。彼は、がんとして、そう言い放ったのである。秋野さんの貴重な絵でもあるし、めんどうは嫌だからと、私は彼の言い分を通して、購入することにした。

後日、報告かたがた、黒川さんに例の一件を話したが、「そんなこと、いいよったか。モッチー、それで払たんか」と例の調子で尋ねるので、「払った」と言うと、彼は高笑いしていた。

いずれにしても、私は身に余る品物を二点、身近に置き、心の贅沢を満喫している幸せ者。しかも、二点共、女性の作者であるということも、私にとっての至福でもある。

このとき以来、折々、私にとって、宝物って何だろうと、考えるようになった。友人、自分の著書、健康、云々。心の領域に置きかえると、さまざまのものが思い浮ぶ。

そうした中で、先日、ふっと心に過《よ》ぎる〝物〟があった。「母のかたみの帯留め」である。私の両親は、朝鮮半島で、終戦を迎えた。朝鮮半島から日本へ。いわゆる「引き揚げ」のときの話は、子供の頃以来、何度もくり返し、聞かされた。頭を丸刈りにした母。母に背負われた、まだ一歳そこそこの姉。何度、聞いても胸に詰まる体験談だった。

そんな中で、亡くなった母が、唯一、肌身離さず、持ち帰ったのが、母の故里《ふるさと》、鹿児島の薩摩焼の帯留めである。小判型の焼き物の中心に菊の花が二輪。母は自分の腹巻きの中に数枚の写真と共に入れ、いのち賭けで持ち帰ったのだという。

久々、取り出した帯留めは、冬の陽の中で鈍い光を放っていた。日本、朝鮮半島、そして又、日本。長い旅を経た帯留めである。

きれいなままで

ぼんやりと見上げる空は幽界のひかりとなりし母の棲むそら

歌集『青みぞれ』は、私の第六番目の歌集である。一九九九年九月九日刊行。その年の二月九日に亡くなった母への挽歌集ともいえる。九月九日は私の誕生日であり、

九月九日にわれを産みたる母は二月九日死んでしまえり

こんな一首も含まれている。

母の享年は八十二歳。その頃は、早いとは思わなかったが、今や女性の平均寿命がずっと高くなっているので、もう少し、元気でいてほしかったなと思わなくもない。

ただ、母の亡くなり方は、私にとっては、あんな死に方をしたいと、思わせる、安らかでいい死に方だった。

死因は癌、C型肝炎がひきおこす肝臓癌である。若き日に手術をし、そのときの輸血が原因

だろうと考えられる。だが、母は、死ぬまで、そのことを知らなかった。姉夫婦と私は、母にはもちろん、つねに傍にいる父にも告げなかったからである。

「きれいなままで死にたい」がログセだった母の願いをきき入れるため、癌がわかったときも、私たちは、母の入院、手術を見送り、通院での治療を希望した。ベッドの上の母でなく、「きれいなまま」の母を、如何に余命長くさせてあげられるか、その選択を大切にした。

ある日、出張から帰ってきた私は、母の顔色が黄色っぽいのに気がついた。黄疸《おうだん》だと感じた私は主治医の先生に電話し、即、入院ということになった。それから十日足らず、母は「眠い眠い眠い」をくり返しながら、この世を去った。「きれいなまま」の母の願い通り、旅立ったのである。

ああ空も泣いているなりたましいの欠片《かけら》のような青みぞれ降る

母の葬儀の日は冷たい雨の降る日であった。ごくごく身内での葬儀だったので、がら−んとした葬儀所の広さが、冬の寒さを深めていた。省みて親不孝ばかりし続けてきた娘であったことを申し訳なく思う。

ただひとつ、うたの中に母を刻むことができたのが、私の母への感謝といえよう。

Ⅲ　口ずさみ「百人一首」

淡路島かよふ千鳥のなく声に幾夜寝ざめぬ須磨の関守

源兼昌

郵便物の中に真四角の冊子が混じっていた。何だろうと早速、開いてみると、「THE ROAD OF HOPE」と記された図録であった。作者はオノ・ヨーコ。「希望の路《みち》」と題された彼女の作品展のカタログである。

今年（二〇一二）の八月六日、広島の平和記念式典に参加した。昨年も参加したが、今年は、どうしても行きたかった。3・11後の福島の出来事。被爆国である日本が、さらに大きく背負ってしまった被曝。その点を広島はどのように、とらえるのだろう。それを知りたかったからである。

答えは見つからない。あまりに難しい問題だから、当然ともいえよう。カンカン照りの式典会場を抜け、比治山《ひじやま》にある広島市現代美術館へと向かった。ヒロシマ賞を受賞したオノ・ヨーコの作品展が行われていると聞いたからだ。

「希望の路」は、三月以来、俯《うつむ》きがちの私の心に、まさに「希望」を投げかけてくれた。扉のまわりに千羽鶴を散りばめた広島の街、多くの遺体にかけられた無数の毛布、見えない人を模したオブジェ等々。３・11から想起された作品は、いずれも、静かでしんみりとした中に、明るさと美しさがあふれていた。

現代アートにあまり馴染みのない私だったが、アートというより、オノ・ヨーコという女性の持つ世界に引き込まれていくような気がした。届いたカタログは、その折、申し込み、秋には完成して送りますと約束されたものであった。

八月六日の夜、広島を後にした私は、新幹線に乗り、大阪への帰路についた。心はまだ揺れていた。式典の重さとオノ・ヨーコの世界が、なかなか結びつかないで、オロオロとしていた。ふっと窓外を見ると、明石海峡大橋が見えた。本州明石と淡路島を結ぶアーチ型の大きな橋に灯が点され、夜の闇の中に光り輝きながら浮び上がって見える。


淡路島鳥かよふ千鳥のなく声に幾夜寝ざめぬ須磨の関守

――海を隔てた淡路島から千鳥がものがなしく鳴く声に幾夜目をさましてしまったことだろうか。ここ須磨の関守は

「百人一首」のこの一首が脳裏をよぎった。

今は淡路島と本州には橋が架けられ、行き来が自由になったが、かつて島は、遙か遠い存在。

本州側の須磨から島を眺めての一首である。千鳥をはじめ、鳥は自由に行き来できても、人間は、海を隔てた地には、なかなか行くことができない。そんな思いが込められているのだろうか。

「希望の路」。オノ・ヨーコのこのメッセージは海峡をまたぐ大橋に重なる。何があっても、私たちには希望がある。そのことを伝えてくれる力強いメッセージだ。

そんな思いで見ると、島と本州をつなぐアーチ型の橋が、海峡を渡る千鳥の列のように見えるのだった。

あらざらむこの世のほかの思ひ出にいまひとたびのあふこともがな　和泉式部

「百人一首」の中で一首を選べと言われれば、迷わずに次の一首を選ぶだろう。

あらざらむこの世のほかの思ひ出にいまひとたびのあふこともがな

――私のいのちはもう長くはありません。亡くなった後の世界での思い出に、もう一度、お逢いしたく存じます

平安女流歌人の一人で、自由奔放な生き方をしたといわれる和泉式部の作。恋の歌である。恋多き華麗な一生を送ったとされる式部にしては、少し寂しい一首であるが、病が重くなり、死を覚悟して、恋しい人へと贈った歌ゆえに、どこか憂愁を帯びているのだろう。

私は、この愁《うれ》いを秘めた歌の調べが好きだ。「あらざらむ」の初句から、「この世のほかの思ひ出に」と続き、「いまひとたびのあふこともがな」と一気に最後まで畳みかけるような調べ。

さすが和泉式部、といいたいまでの巧みな歌いぶりだ。恋の歌として口ずさむには、うってつけと言える一首だ。

恋の歌は難しい。

思いきった大胆さが必要とされるからだ。恋に落ちたものは、その中で悩み苦しみ、自らの思いの丈をどこにぶつけるか、身悶《もだ》える。歌は、そうした思いを思いっきりぶつけるには、格好の器《うつわ》。

それゆえ、古来から現在まで、多くの恋の歌が生れたのだろう。

私も若い頃は、恋の歌を意識的につくった。年を重ねてからは、出来なくなるかもしれないと考えたからだ。和泉式部の歌を出した後に自分の作を披露するのは、あまりにも、僭越《せんえつ》な気がしないでもないが、もし、一首あげるとすると、

全存在として抱《いだ》かれいたるあかときのわれを天上の花と思わむ

この歌だろうか。

初句が「全存在として」と、ずい分、字余りなのだが、じつは、「全存在」という言葉を使いたいためにつくった一首なので、あえて、こうした。かつて読んだ、モーパッサンの『女の一生』の中に、主人公の女性が婚約者の男性に「私を全存在として愛してくれますか」と尋ねる場面があり、いつか、この言葉を使ってみたいと、心にしまっていたものである。

最近は、さっぱり恋の歌をつくらなくなった。やはり、恋をしていないと恋の歌は生れない(残念ではあるけれど……)。

和泉式部は五十歳頃まで生きたとされるが、先の歌が何歳ぐらいの作であるかは、はっきりとしない。だが、「百人一首」の撰者である藤原定家が、紫式部や清少納言を抑え、筆頭に和泉式部のこの一首を選んでいるのを見ると、やはり、式部の歌の奥深さを、あらためて知る思いがする。

これやこの行くも帰るも別れてはしるもしらぬもあふ坂の関　　蟬丸

「逢」という字は、一生に一度使うかどうかの大切な字。ふつうに人に会うときは、「会」か「合」で十分。「逢」は、二度と会えないかもしれない人とのかけがえのない出会いに使いなさい。

そうおっしゃったのはわが短歌の師、近藤芳美先生だった。大柄、朴訥《ぼくとつ》、およそ「逢」などとは無縁に感じる先生だが、じつはおおいなるロマンチスト。若き日には、美しい相聞の歌を多く、つくっていらした。

ほうっと、先生の言葉に聞き入っていた私。まだ、二十代前半のことだったので、先生のおっしゃる通り、「逢」を大事にしようと決めた。

その折、思い出したのが、「百人一首」の蟬丸の歌。

これやこの行くも帰るも別れてはしるもしらぬもあふ坂の関

——これが、まあ、都から東国へ行く人も、それを見送り都へ帰る人も、知る人も、見知らぬ人も、ここで別れて、また逢うであろうと、その名も逢坂《おうさか》の関なのだなあ

平安期、逢坂の関は、現在の不破《ふわ》の関、鈴鹿の関と共に三関《さんかん》の一つとして知られ、京都から東国へと抜ける交通の要衝とされていた。昔の旅は、今と違って、いのちがけに近いもの。人々は、旅立つ人を関まで見送り、別れを惜しみ、旅の無事を祈ったのだろう。

逢坂の関は現存しないが、関址《せきし》は残っていて、何度か訪れたことがある。滋賀県大津市大谷、京阪電車京津《けいしん》線大谷駅近く。国道一号線脇の逢坂山トンネル入口上の山際にぽつんと忘れられたかのように、「逢坂山関址」と刻まれた石碑が建てられている。

私が、この地に興味を抱《いだ》き、訪れたのは、関址そのものだけでなく、関址近くにある蟬丸神社と呼ばれる三つの社《やしろ》ゆえである。

「これやこの」の作者とされる蟬丸は、じつに謎深い人物で、生没年不詳。平安期初期の歌人という以外、確かなことはわからない。一説では醍醐天皇の第四皇子と伝えられるが、これも真偽のほどはわからないまま。

逢坂の関近くに住む盲目の琵琶法師、蟬丸。その説が主流で、さまざまの伝説が、からみあい膨らんでいった蟬丸像は、やがて、謡曲や浄瑠璃にも登場するようになる。盲目の琵琶法師の住む、逢坂の関。彼の歌と関が結びつき、蟬丸神社が生れる所以となったのだろう。

関址から、ほど近い神社を訪ねると、満開の桜に出会うことも可能だ。大事にしていた「逢」、私の場合は、

水晶橋《すいしょうばし》　雨後を渡れば逢うという時間の中を生きし日のごと

こんな作品に投影されている。四十代初めの作で、かつての日々を思い返してのもの。ちなみに「水晶橋」は、大阪、中之島に実際にある橋。ライトアップの美しい橋である。関、そして、橋。いずれも、人と人とが交叉し、出会い、別れる場所でもあるから、「逢」の思いが大切となってくるのだろう。

花の色はうつりにけりないたづらにわが身世にふるながめせしまに　小野小町

母が亡くなって、十四年目になる。享年八十二歳だから、現在の女性の平均寿命からすると、やや早い旅立ちだったかもしれない。

娘の私の立場から見るに、母の最期は羨ましいぐらい幸せな最期だった。自分が癌であったことを知らなかったし、「眠い眠い」と言いながら、入院先の病院で、姉夫婦に看取られながら、眠るように亡くなった。加えて、母のいちばんの幸せは、「きれいなままで死にたい」という願いを果したことだ。

大阪では「やつし」（おしゃれ）という言葉があるが、母は根っからの「やつし」だった。朝起きて、まず鏡台に向かって化粧をする。それが日課で、殆どすっぴんで、おしゃれと縁遠い私は、「もっときれいにしなさい」と、しょっちゅう、叱られてばかりいた。

鹿児島生れの母の自慢は、祖母、つまり、母の母は薩摩小町と呼ばれた美しい人で、自分は、その血をひいていることであった。写真で見た祖母は、確かに薩摩小町にふさわしい美人で、南国風の彫りの深い顔立ちは、何ともいえない品の良さに満ちていた。

ふっくらとして体格もよく、くっきりとした顔立ちの母は、自分でも祖母に似ていると信じこんでいたのだろう。私に向かって「あんたは、私に似んで可哀想やなあ。しっかり勉強でもせんと……」などと、残酷なことを平気で言ったりもした。

今でこそ、町いちばん、学校いちばんの美人を「ミス○○」と呼ぶようになったが、かつては「○○小町」と呼ぶのが習いだったのである。

この「小町」の元祖は、百人一首に登場する小野小町。

花の色はうつりにけりないたづらにわが身世にふるながめせしまに

――花の色もすっかり褪《あ》せてしまいました。長雨のあいだ、その雨を眺め、思案しているあいだに、私の容色も衰えてしまったのです

ここでの花は桜。春の雨にかけての女性の嘆き、美しい人であればあるほど、容色の衰えは耐えがたいもの。美しさをもてはやされた小野小町が、自らの衰えを率直にうたって、心ひかれる一首となっている。

六歌仙の一人である小野小町だが、生没年、家系はよくはわからない。百人一首成立時には、もうすでに、伝説の人物になっていたともいわれている。

日本各地に残る「小町伝説」。美しく、栄華を誇っていた女性が、年老いて、寂しい余生を送り、旅の途中で行路死をした。そんな物語が伝えられているが、日本人好みの貴種流離譚につながるものなのかもしれない。

ところで、私が購《あがな》うお米の銘柄は「あきたこまち」。秋田美人にならってのものだろうが、美人になれる気のする、このネーミングが心地いい。

久方の光のどけき春の日にしづこころなく花の散るらむ　　紀友則

日本人の桜好きは言うまでもなく、私も、その一人である。

桜前線が南から北へと上昇する頃になると、ざわざわと心が騒ぎ、体中があつくなる。そうなると、それっとばかり、桜見物に出かけ、お目当ての桜を前に花見弁当を楽しむ。それが春ごとの習い……。もう少し若かった頃のことである。

福島県三春の滝桜、山梨県山高の神代桜、岐阜県根尾の薄墨桜、名高い桜を次々と訪れた。だが、もう行くまいと思ったときがあった。薄墨桜を見にいった後である。

薄墨桜は羽田《はねだ》澄子監督の映像で見て以来、真っ青な春空の下、色彩のない花びらが、さらさらとさざなみのように戦《そよ》ぎ出す。その音を聞いてみたい。勝手に想像力を膨らませ、待ちに待って行っただけに、がっかりした。

もちろん、桜そのものは、期待を裏切らなかった。さらさらの音は聞こえはしなかったものの、色彩のない桜の花びらが、さまざまのいろを想像させながら揺れる様子は神がかって見えた。

問題は桜の周囲である。大勢の見物人（私もその一人であるが）。しっかりと柵を巡らされた桜。見物客目当ての屋台や土産物の出店。あまりのにぎわいに、ゆっくりと桜を楽しむという気分にはなれなかった。ああ、高名になると、観光資源となって、こうなってしまうのだなあと、恋い焦がれて行った自分を反省もした。

私には密かに心に置く幻の桜がある。幻といっても、現存の桜で、これまで出会った桜で、いちばん心に沁みると思える桜である。さるとき、桜についてエッセイを記す機会があり、この桜に触れて書いてはみたが、地名や場所は明かさなかった。エッセイが活字になった後、新聞社を通して何件か問い合わせがあったが、その折にも明かすことをしないでいた。

時を経て、偶然、その地の青年会議所の方とお会いし、桜の一件を切り出すと、ぜひぜひ紹介して下さいとのこと。薄墨桜のこともあり、知らせたくない幻の桜と胸深く秘めていたのだが、やむなく、ここで、伝えることにする。それは島根県益田市医光寺にある枝垂れ桜。雪舟庭園を前に、山からなだれるように桜が枝垂れる。一度見ただけだが、忘れがたい桜である。

久方の光のどけき春の日にしづこころなく花の散るらむ

——こんなにも天に光があふれ、のどかな春の日なのに、桜の花だけが、なぜそんなにいそいで散るのだろうかこの一首は、教科書などでもおなじみの、よく知られた歌。近代歌人の斎藤茂吉らから、平凡と一蹴された作でもある。ただし、今の時代に読んでみると、こののどかさに安らぎを感じるから不思議だ。桜見物がお祭りさわぎでなく、しみじみと桜を味わえた時代の産物。まさに、うらやましい限り。医光寺の桜に、こんな思いで、いつか、秘めやかな再会をしてみたい。

あひみての後のこころにくらぶれば昔は物を思はざりけり

権中納言敦忠

旅は行くまでが楽しみ。

といっても、少し前までのことである。

まず、地図で行き先を確かめ、時刻表を開き、列車のダイヤを確認する。次は宿、当地の味覚おみやげなどを調べ、目的地に近い見所を探す。そんなことをしているうちに次第に旅ごころが膨らみ、行く前に、すっかり気分が盛り上がってしまう。

たいていは、行き先の観光課や観光案内所に連絡し、観光パンフレットや宿の案内書を送ってもらい、それを頼りに出発する。一昔前の私の旅は、行く前にすでに楽しく、行ってからは、想像と現実をつなぎ合わせるのが、興味しんしんのものであった。

もちろん、なかには看板倒れもあって、立派なホテルの写真にひかれ、予約したものの、夕食の御膳の寂しいこと。海辺なのに刺身すら出ない。部屋は狭くて……といった例もある。

近頃は、そうした憂き目には、遭わずにすむようになった。旅行代理店を通しての予約だとまずは宿の心配はないし、パソコンの画面で、室内の様子や食事まで、事前に見ることが可能になった。

その代り、行く前にネタがばれたようで、夢見て楽しむ部分が少なくなってしまった気がしないでもない。


あひみての後のこころにくらぶれば昔は物を思はざりけり

——あなたと逢ってからのこの思いにくらべると、逢う前は、まったく、たいした物思いでもなかったのだなあ

ここに登場する一首は、私の旅への思いとは逆。男女が逢い、契りを交した後の思いに比べると、それ以前の思いは、じつに浅い恋心だったなあ、と逢うことの重さを率直に歌ったものだ。

この一首と同じように、恋い焦がれ行きたいと思いつつ、なかなか果せなかった旅が叶い、いっそう、その地が好きになった例が幾つかある。

筆頭は沖縄の南、日本最西端の島、与那国《よなぐに》島。石垣島から一二七キロメートル、台湾からだと一一〇キロメートルと、どちらかというと日本より台湾に近い。最近は、カジキマグロ漁の盛んな島として知られ、テレビドラマの舞台としても紹介されるようになった。とにかく、何

が魅力かというと、そこに居るだけでほっとする。島に流れる時間が透明でゆったりしているからだ。もう帰るのをやめ、ここでこのまま住みついてしまいたい。そんな思いにかられる島だ。私は一度行って忘れられず、二度目には、小説のラストシーンの舞台として島の美しさを描かせていただいた。

「あひみての」の思いは、恋するものの共通のこころ。「昔は物を思はざりけり」の詠嘆は、作者ならずとも然り然り……。

作者の敦忠は藤原一門の出身。琵琶の名手としても知られ、小野小町などと共に三十六歌仙の一人。

大江山いく野の道の遠ければまだふみも見ず天の橋立

小式部内侍

政治家、芸能人、スポーツ選手、何かと二世ばやりの昨今である。なるほど、二世は二世。それなりの力があり、納得する場合が多いが、それとなく、羨ましい感がないわけではない。ゼロからスタートの一世にとっては、現実は厳しく、世間は、たいへんな実力社会だからである。歌舞伎や能狂言など、伝統的な芸能は世襲が常とされ、それゆえに、現代まで、伝え守られてきた面がある。

ここに登場する小式部内侍《ないし》は、歌の道のサラブレッド。恋の歌の名手として先に登場した和泉式部の娘。彼女の代表作ともいえるこの一首にまつわる話が伝えられ、よく知られている。和泉式部が、夫の藤原保昌《やすまさ》の赴任に従って丹後に住んでいた頃、都で歌合せがあり、小式部内侍も、その一人に選ばれた。まだ若い小式部。彼女に向かって、藤原定頼《さだより》が「歌合せの作はできましたか。丹後に人をおやりになって、お母さんからの使者は来ましたか。心細いことでしょうね」と、からかい半分で、そうしたことを言った。そこで、即座に詠んだのが、次の一首である。

大江山いく野の道の遠ければまだふみも見ず天《あま》の橋立《はしだて》

——母のいる丹後の国は都から遠く、私はその地を踏んだこともなく、母からの文も来てはいません。大江山も生野の道も、あまりにも遠い天の橋立なのです

今と違って、京から丹後へは遠い道のり。それをあらわすのに「大江山いく野の道」と、実際の地名を提示しての表現は、歌の調べとしても大らかで、結句の「天の橋立」を引き出す効果をも、もたらしている。

しかも、この一首で「ふみも見ず」の言葉が、行ったこともないの意味の「踏みも見ず」と、母からの文もない、「ふみも見ず」の見事な掛け言葉になっている点が巧みである。

さすが、小式部。定頼は、ほうほうのていで、逃げ去ったとか。

真実はともかく、このエピソードが広く知られているというのは、定頼のみならず、小式部の才に、やっかみを持つ人々もいたということだろう。彼女は、美貌と才知に恵まれた女性であったが、二十代で没し、母・和泉式部の歌に、その死への悲しみが強く反映されているともいわれる。

二世歌人ではない私には、小式部の幸せも不幸も共に解る気がするが、親にしてみればやは

り、子を持ち、その子が同じ道を進む姿を見るのは、何よりのよろこび。それゆえ、和泉式部の悲しみも深かったであろう。

子守歌うたうことなき唇にしみじみ生《あ》れて春となる風

私は自分が生んだ歌を自分の子供と思おうと考えているが、実在の子供がいないのは、何とも寂しい。幼い頃、母と共に子守歌をうたったのは、いつだったか、もう遠い日のことになってしまった。

夏の夜はまだ宵ながら明けぬるを雲のいづこに月宿るらむ

清原深養父《ふかやぶ》

昨年（二〇一二）の夏からウォーキングをはじめた。何しろ、体を動かすのが嫌いで、大の出不精だった私が、突然、早朝のウォーキングをはじめたのだから、周囲の人々にとっては、青天の霹靂である。

真冬はともかく、春先からは、朝五時に起き、テレビに合わせて気功風の健康体操をし、その後、いざ、出発となる。それが、だいたい五時半から六時前。三十分から四十五分ぐらい歩いて、家に戻る。歩数にすると、三千歩から五千歩といったところ。普通の歩き方より、少し早目のウォーキングで、決して無理はしない。雨の日は休み。途中、休憩ありといった、じつにノンビリ型の自己流健康法で、これでいいのかどうかは解らない。

ただし、ウォーキングをはじめて、幾つもの発見があった。私の住む千里ニュータウンは、かつて丘陵地帯で、そこここに竹林や森、池などが散在している。ニュータウンといっても、造成されてから、すでに五十年以上経っているので、かつての自然が甦り、今では野鳥の宝庫となっていて、隣接の万博公園の森には、オオタカの巣が、今年も設営されたことが報道されていた。

ウォーキングのテリトリーである森や池を、私は、里山ならず、里森と勝手に呼んでいるが、里森の朝の空気は清々しい。まだ、誰にも触れていない空気。木々の精が夜を通してため込み、夜明けと共に吐き出した空気。空気というより「気」といった方がいい気がするのは、気功風の体操をはじめたせいかもしれない。

気力、元気、気持、気分、呼気、やる気、「気」のつく言葉を考えながら歩いていると、なぜか、気力、元気がついてくる気になる。不思議なものである。

「早起きは三文の得」は、昔ながらの言葉だが、ウォーキングを終えて帰宅しても、まだ七時に届かない。それからコーヒータイムを楽しみ、仕事にとりかかる。早朝の頭は、回転が良く、ペンが走る。ウーン、もっと早く、こうすべきだったなあ、と後悔しきり。でも、今からでも遅くはない。早起きを続け、ウォーキングの距離を五千歩から一万歩ぐらいまでに伸ばすのが、現在の目標。とにかく、誰もほめてくれないので、還暦すぎてからの、この突然の変化を、自分で、ほめてあげたい。

夏の夜はまだ宵ながら明けぬるを雲のいづこに月宿るらむ

——夏の夜は短く、まだ宵の口と思っているうちに明けてしまったが、あの美しい月は雲

のどこかにやどっているのだろう

星はともかく、夏の夜の月をしっかりとみたことがない。夜が短く、出会う時間も少ないのだろう。ウォーキングをはじめてからは、朝白む空にかかる月を時々見かけるが、この一首のように歌にしたことはない。朝月の歌をぜひつくろう。新しい目標が発生。いい歌ができるかどうか。

しのぶれど色に出でにけりわが恋はものや思ふと人の問ふまで

平兼盛

螢を見たのは五月の末である。私の住む大阪北摂地域でも、螢には出会える。今回、見たのは紀州和歌山の広川町《ひろがわちょう》の山間である。

ごく近くで見ることのできる螢を、わざわざ特急列車に乗って、はるばると見物に行ったのには、理由がある。目的は別にあったからだ。

少し年配の方なら「稲むらの火」という物語に記憶があると思う。教科書に載り、紙芝居になり、絵本にもなった。よく知られた話である。私の訪ねた広川町は、その「稲むらの火」の舞台となった地である。

かつて、広川町に庄屋をつとめる浜口五兵衛《ごへい》（濱口梧陵《ごりょう》）という人物がいた。あるとき、大きな地震があり、ただならぬ揺れ方に、五兵衛は、津波が来ることを予想し、取り入れたばかりの稲むらに火をつけ、村人に危険を知らせ、村中の人々を救った、という話である。

二〇一一年の3・11の津波以来、「稲むらの火」は、再び脚光を浴び、教科書にも掲載されるようになった。今、梧陵の屋敷は、津波防災教育センターとなって、多くの訪問者を集めている。

縁あって浜口さんのお屋敷には、何度か、泊めていただいたことがあるが、防災教育センターとなった二〇〇七年、久々に訪れ、あらためて、おおいに刺激を受けた。そのとき、いただいた広川町のマップに「ほたるの湯」と記されていたのが、今回、訪ねた滝原温泉ほたるの湯である。

当日の午前は、すさまじいゲリラ豪雨で、大阪を出発できるかどうか危ぶまれたが、午後には、雨が上がり、何とか列車に乗った。ところが、和歌山に近付くにつれ、またまた雨。これでは、とても螢どころではないと思ったが、宿で夕食をとり、温泉に入る頃には、雨が上がり、格好の螢の夜となった。滝原の螢は源氏螢。上流にあるダム周辺から広川沿いに流れるように飛んで来て光を放つ。

そのときに思い出したのが、

しのぶれど色に出《い》でにけりわが恋はものや思ふと人の問ふまで

――かくしていても私の恋心は顔色に出てしまうらしい。人から、恋をしているのですねと問われるまでに何とも正直な一首である。

恋をすると、人はどこか違ってくる。急に元気になりいきいきとし、女性なら、見違えるほどきれいになったり。

その様子が、何となく、螢の点滅に似ている気がしたのである。螢の魅力は、ふぁーと光り、暗くなって、また光る。強く激しくではなく、はかなげに光る点にある。

兼盛の歌も、恋するものの揺れる心を、巧みに表現していると言える。あまりストレートではなく、秘めごとの恋を、謙虚にうたっているところに味わいがある。恋は昔も今も同じ。そんなことを感じさせる作だ。

さびしさに宿を立ち出でてながむればいづくも同じ秋の夕暮れ

良暹法師

沖縄は「うりずん」の季節だった。「うりずん」という美しい言葉は、もともとは春を示す。とはいっても、梅雨近くという人もあるし、梅雨さなかという人もいる。語源は「潤い初《ぞ》め」にあるとされるから、どこかで梅雨と結びついた言葉なのだろう。

春、海が温かくなると浜に降りて貝を採る。それが「浜降り」、うりずんの後には「若夏」が待っている。いずれも、響きの美しい、うっとりするような沖縄の言葉だ。

全島が戦場になった沖縄には、簡単に足を踏み入れてはならない。ある時期までは、そう思っていた私だが、ここ十数年、足繁く通うようになった。

沖縄への眼を開いて下さったのは民俗学者の谷川健一先生だったが、先生のおっしゃった通り、通う度に発見があり、その文化の深さに魅了され続けている。

なによりまず、暖かいのがいい。寒さが大の苦手の私には、一年中、温暖で、亜熱帯の感のある沖縄の自然が嬉しい。

加えて食べ物。ゴーヤ、島どうふ、島らっきょう、もずくのてんぷら、ラフテー等々、気どらない地のものを、家庭でこしらえ、市場で売っている。

旅の楽しみのひとつに、その地の市場をのぞくことがあるが、那覇の国際通りにある公設市場は、一日中、見ていてあきることのないほど、沖縄の海、山の幸がワンサと並べられている。長く通ううちに、好物も増え、ミミガーと呼ばれる豚の耳を刻んで酢の物にしたのを平気で食べるようになり、エラブー（海蛇）のスープまで飲めるようになった。

ところが、沖縄通いにも難点がひとつ。台風銀座と呼ばれるほど、台風が多い。この銀座はやっかいもの。

なるべく飛行機を使いたくない私も、沖縄には飛行機で行く。今回も飛行機で那覇に着き、一日目、二日目は、きらめくような青天だった。ところが、三日目には台風が……。二日目の夜から、私の乗る飛行機が欠航になりそうとの報があったが、「うりずん」という名のお店で、三線《さんしん》、踊り、うたに興じている友人たちは、耳を貸してくれない。三日目、朝から空港へ出向いてみたが、午後の飛行機は全て欠航。チケットを求める人の波にもまれて、フラフラとなり、夫婦で沖縄に移住している友人が、何とか、神戸行きのチケットを確保してくれた。

さびしさに宿を立ち出でてながむればいづくも同じ秋の夕暮れ

——家にいてもさびしさがつのり、おもてに出てみたが、どちらも同じ秋の色だやっと乗れた帰りの飛行機の中で思ったのは、沖縄に秋があるのかどうか。冬はあると聞いたが、秋はどうなのだろう。

何か困っても「ナンクルナイサ」と、明るく対応してくれる沖縄の友人たち。そこから考えると、良暹《りようぜん》法師のような心情は、彼らには、遠いのかもしれない。

難波潟みじかき蘆の節の間もあはでこの世をすぐしてよとや　伊勢

高校は大阪・淀川べりにあった。最寄りの駅は阪急線の十三《じゅうそう》。珍しい名の駅である。中学卒業と同時に紀州・和歌山市から大阪・吹田市に転居した私にとって、高校生活をはじめ十三の町も、何もかもが珍しかった。

クラスメイトが、君とかあなたとか呼ぶのを「自分」「自分どう思う」といった言い方に、まずは驚いた。自分は私自身のことなのに、相手に自分というのは変だなと思いつつ、次第に慣れるようにしていた。

なかなか慣れなかったのは十三の町である。食べ物屋、パチンコ店、組事務所まで、なんでもある町で、とくに気になったのがＨＯＴＥＬが多かったことだ。ある日、母に、

「十三って観光地でもないのに、ＨＯＴＥＬがたくさんあるのよ」

というと、慌てた様子で、

「ＨＯＴＥＬはＨＯＴＥＬでも、あなたたちが、絶対、行っちゃあいけないＨＯＴＥＬだからね」

ビシっといさめる調子で言った。

まだ、生《うぶ》な高校生だった私は、母の言ったことはわかったが、深い理由はわからず、ずっと大人になってから、ようやくそのワケがわかった。なるほどである。

十三の町自身は、ゴチャゴチャした歓楽街といった様相だったが、高校裏の淀川堤防に登ると、景色は全く違った。

大阪湾へと向かう淀川の広い流れと河川敷が見え、そこには、無数の蘆《あし》が揺れていた。


難波潟《なにわがた》みじかき蘆の節の間もあはでこの世をすぐしてよとや

――難波潟に茂る蘆の節と節とのあいだの短さ、その短さほどの会う時間さえおあたえにならず、この世を終えてしまえとおっしゃるのですか

やや恨みがましい恋の歌である。裏返して考えると、それほど切羽つまって会いたいのだとも受けとれる一首。

難波潟は大阪湾のことで、私の高校があった地も、かつては湾。十三も埋め立てによってつくられた町という。

私の高校では、冬期には、淀川の堤防を走る厳寒マラソンが行われ、スポーツが苦手の私に

とっては、冬が来るのが嫌で嫌で仕方なかった。

後日、伊勢の一首を思い出して、蘆の広がる河川敷を見直すと、殺風景と思っていた蘆原が、妙につやつやとして見える気がした。

伊勢は三十六歌仙の一人。古今時代を代表する女流歌人とされる。才に恵まれ、美しくもあり、魅力的な女人だっただけに、相手の文《ふみ》が、なかなか届かないのが不満で、このような一首をつくったのだろう。

かなり以前のことだが、大阪・北摂に伊勢寺《いせじ》という寺名を発見し、いさんで訪ねていったが、歌人・伊勢とは関係なしとの住職の話。残念でならなかった。

なげきつつひとり寝る夜の明くるまはいかに久しきものとかは知る　右大将道綱母

パンダのファンである。白黒模様の姿はもちろん、愛らしい仕草、加えて、くっきりとした黒い垂れ目に何とも愛嬌《あいきょう》を感じ、ケイタイのストラップに双子のパンダのぬいぐるみをつけ、どこに行くのにも、連れて歩いている。

「いい歳して大きなパンダをつけて」などと、時折、友人知人からは笑われるが、本人は大真面目。これは、南紀白浜アドベンチャーワールドの梅浜《めいひん》・永浜《えいひん》の双子のパンダのスクラップ。この九月十三日（二〇一二年）で四歳になったの。と得意気に説明し、私、日本パンダ協会の会員。会長は黒柳徹子さんなんですと自慢したりする（もちろん冗談）。

なんで、こんなことをしているかといえば、パンダというと上野のパンダが有名で、八頭ものジャイアントパンダのいるアドベンチャーワールドが、あまりにも知られていないからだ。私の故郷・紀州は、中国四川省成都につぐパンダ王国、その存在をもっと知って欲しいのと、パンダの愛らしさを、自ら宣伝したい思いからの押しかけ応援団である。

本来は大の犬好きで、柴犬にこり、野生に近い柴犬を飼って、番犬兼家庭犬に、うまく育て上げたりしたが、十八年も生きたその犬が亡くなってからは、あんまり、別れがつらいので、犬を飼うのは諦めようと思った次第。

そこで、飼おうと思っても到底無理なパンダのファンになって、遠くから愛し、楽しもうと考えたのである。

アドベンチャーワールドのパンダの長老格・永明《えいめい》（オス）は、二〇一二年九月で二十歳。繁殖能力が高くて、次々と子孫を残している。白浜のパンダが人工授精より、自然繁殖が多いのも永明の力が大きいのです。なんて、いっぱしのことを言っちゃって、パンダファンの冥利につきること大。何といっても、たった一〇〇グラム前後で生れてきて、あんなに大きく立派に育つのだから奇跡的で感動ものだから。

なげきつつひとり寝《ぬ》る夜の明くるまはいかに久しきものとかは知る

――いくども泣きながら、待ちこがれるあなたを待つ気持、どんなに長く感じるか、おわかりにならないでしょうね

道綱母《みちつなのはは》といえば、『蜻蛉日記《かげろう》』の作者として知られる女性。夫の藤原兼家《かねいえ》が彼女の元にやってきたのに、なかなか門を開けてくれないので、兼家がほとほとくたびれた、とこぼしたのに

対して、あなたを待つ夜のなかなか明けない嘆きを、あなたはおわかりですか、と切り返した一首である。

二〇一二年七月、生後一週間で死亡してしまった上野のパンダの赤ちゃんは残念だったけれど、白浜には、八月、また新しい生命が誕生し、すでに、募集中だった名前も決まっているはず。小さな生命がすくすく成長するのを見るのはワクワクする楽しみがある。「待つ」という行為は、本来、人を楽しませ、やさしくする効果がありそうだ（先の一首はちょっと違うが……）。パンダのいちばんの魅力、それは、他の動物を襲ったりしない、平和そのもののような習性、それがいちばん大きいようだ。

君がため春の野に出でて若菜つむわが衣手に雪は降りつつ

光孝天皇

富山を訪ねた。

さる本の刊行記念会に参加したのだが、出版者である会社のオーナーが、なかなか個性的な人物で、いわゆる祝賀会ではなく、しごくユニークな刊行会であった。

築二百年の民家を移築し、来客用の別荘風にしつらえた重厚な家も、よかったが、何より、その民家の囲炉裏のある部屋で、高名な「風の盆」を拝見出来たことである。

何年か前に、別件で富山を訪ねた折、八尾《やつお》の町に案内していただいたが、「風の盆」の季節ではなく、映像や写真で、その面影を想像しただけだったが、実物を見て、これはこれはと驚いた。

八尾の町は、古い長屋風の民家が連なる小さな町だが、どことなく情緒漂う町であった。「風の盆」も、まさに、その通り。三味線と胡弓に男女の歌い手、その演奏に合わせて、男踊り、女踊りが繰り広げられる、じつに品のよい風雅なものである。

近年は、その魅力が広く伝えられ、一年前でも、宿の予約が取れず、見物客は、かなり離れた駐車場でバスを降り、歩いて八尾まで行かねばならないほどの盛況だそうだ。私も一度、行ってみたいと思いつつ、その混雑ぶりを聞き、仕方ないかとあきらめていた。

それが、ほんの少人数の私たち来客のために、保存会の方々が十名余り来て下さり、目の前で、歌い、演奏し、踊って下さったのである。ことに胡弓の音のうら哀しさが、男女の哀切さを表現しているという、踊りにぴったりで、夜の更けるまで、ずっと見続けたい思いにかられた。


君がため春の野に出でて若菜つむわが衣手に雪は降りつつ

——あなたのために、早春の野に出て来て、若菜を摘むのですが、私の袖には、雪が降りかかり続けているのです

若菜は、芹、なずな、すずしろなどの春の野草。これを食べると邪気を払えるとされていた。あなたのために、雪に濡れながら摘んでいるのですよ。と相手に呼びかけるような一首。調べの良さと美しい内容から、古今集の中でも、よく知られる歌である。

光孝《こうこう》天皇は桜の名所として知られる仁和寺《にんなじ》を勅願した人物。宇多《うだ》天皇が引き継いで創建され、代々、法親王（出家した親王）が入室《にっしつ》した由緒ある寺院である。その光孝天皇の御陵が、現在

の仁和寺近くに、ひっそりと残っているという。一度、訪ねてみたいものだ。

古来、「袖振る」という言葉は、相手に愛情を示すものとされているが、袖を意味する「衣手」を、この一首に出しているのも、「袖振る」に重ねての思いを託しているのだろう。

「風の盆」の踊りも、編笠姿の女性が、浴衣《ゆかた》の袖をつまんで踊る姿が、何とも艶《つや》めかしかったが、今の時代、「袖振る」なんて、つつましい愛情表現は、どこか遠くに消えていってしまったようだ。

長からむ心も知らず黒髪のみだれて今朝はものをこそ思へ

待賢門院堀河《たいけんもんいんほりかわ》

年金受給者になったとの通知があった。

去年（二〇一二）の九月で六十五歳になったので、当然のことなのだが、本人は、実に奇妙な心境である。まず、私のような自由業の者には、年金は、ずい分と冷たい。冷たいというより、具体的に言うと額が少ないのである。国民年金を二十何年も払って、貯めてきた気がするが、じつに貧しい年金である。毎月、五万円足らずの年金で、どう暮せというのか。合点がいかない。

加えて、年金受給者という言葉には、老人になったよ、とのニュアンスが、たっぷりと含まれている。これが、何となく嫌なのである。

私の母は、地域の老人クラブの誘いがきたとき、すでに七十歳だったが、「私は老人じゃないから」と入会を断った。自信家の母らしい対応だった。

私は嫌でありながら、これを返上する勇気もなく、ぐだぐだとしていて、いまだ、受給手続きに行ってもいない。

団塊の世代が、いっせいに年金世代に突入し、「老後の生き方」に注目が集まっている。早期退職をして沖縄暮しを満喫しているカップルや、同じく早期退職をして、信州で農業を始めた夫婦もいる。いずれのカップルも、生き生きと退職後の時間を過ごしているので、羨ましく、いまだに、机とにらめっこの自分が嘆かわしくもなる。

ことに、羨ましいのは、双方とも、夫婦だという点である。転地にしろ、転職にしろ、夫婦でないと、出来ないことは、ずい分と多い。

一人者は寂しい。

寂しいというより、出来ることが限られる。もちろん、自由で、自分勝手な時間の使い方が許されるが、一人旅をしていて、老夫婦が、いたわり合いながら食事をしているのを見たりすると、いいなあと思ったりする。

そこで、私は、ひとつは、この年相応の恋をすること。結婚はともかく、心ときめく出会いのできるパートナーを探す、それを目指している。人間は、やはり、男女一組が基本的なかたち。そこに立ち戻ってみたいと考えるのである（無理？　そんなこと言わないで）。

もう、ひとつは、単身女性のネットワークをつくること。これは少しずつ、広がりつつある。なるべく近くで、互助の可能な友人・知人と連絡を取り合い、助け合うこと。本当は、合同資金で、プライベートをおかさないような、共通の家をつくりたいのだけど……。

長からむ心も知らず黒髪のみだれて今朝はものをこそ思へ

——昨夜は固い約束をして下さいましたが、あなたが、その通りにして下さるかどうか、
　今朝は一人になって心を乱しているのです

女性の揺れる心がうたわれている。こんな気持には、もう久しくなったことがない。あまり好きな言葉ではないが、「老いらくの恋」が、私にも訪れるだろうか。そう考えて、一人、にたにたしている私である。

田子の浦にうち出でて見れば白妙の富士の高嶺に雪は降りつつ

山部赤人

毎月、今、在住の大阪から東京に行く。もう二十年以上続いている月ごとの慣例行事である。「ひかり」から「のぞみ」に代って、大阪〜東京の所要時間は約二時間半となったが、狭い座席で二時間半、じっとしているのは、かなりの忍耐がいる。パソコンに向かう人や本を読んだりしている人も多いが、私は何もしないで、ボーッと窓外を眺めているのが好きだ。せっかく机の前から解放されて列車に乗っているのだから、ビジネスの延長と考えずに、旅と思い、楽しもうというわけだ。

往《い》きはたいてい、東京に向かって右側の窓際の席を取る。海が見たいからだ。天気のいい日は、汽水湖である浜名湖を過ぎるとき、パァーと心が明るくなる。湖水の光と海からの光が交差して、光が舞い上がって、天上にいるような気がする。私は、やはり海洋民族だなと思うのは、こんなときだ。

左側の窓際に座るのは冬。富士山、ことに冠雪の富士が見たいからだ。富士山は一年中見えるが、冬の富士が、ことに見事。私は東京での仕事の吉凶を富士山の眺望で決めている。富士がくっきりと見え、美しいときは、仕事もきっとうまくいく。そう確信しているのである。

田子の浦にうち出でて見れば白妙《しろたえ》の富士の高嶺《たかね》に雪は降りつつ

――田子の浦に出て、富士山を仰ぐと、真っ白な富士の嶺が輝いている。いま、あそこは新雪がふりつもりつつあるのだ

万葉集に登場する高名な歌だが、歌が少し違っている。万葉集では、

田子の浦ゆうちいでて見ればま白にぞ富士の高嶺に雪はふりける

私は万葉集の方が好きだ。「白妙の」は美しいが「ま白にぞ」の直接的表現にひかれるし、田子の浦からは「雪は降りつつ（今降り続いている）」の表現のようには、雪が降っている様子は望めないと思えるからである。

田子の浦は、現在の静岡市清水区の吹上《ふきあげ》の浜あたり。新幹線からも、富士川を渡るときに見える富士山が最も美しいと感じる場所だ。

新幹線の話題が出たので、この場を借りて、いつも思っている苦情を幾つか。まず、なぜ、

新幹線はあんなに高いのか。大阪から東京まで「のぞみ」は往復二万八千円余り。独占企業みたいなもので、いつも満員近いのに、もう少し安くはならないのだろうか。おまけに先日、予約の列車に乗り遅れたので、次の列車に乗ろうとしたら、自由席ならいいが、指定席は、もう一度全額、お支払い下さいとのこと。なぜ？　って尋ねたら、お客様のお席は空のままで走ってしまっていますので、もう一度全額、お支払い下さいませんと、新しいお席は取れません。との答え。よく解らないけど、悪いのは私だからと自由席で立ったまま新大阪まで。通路は狭いし、トイレは二両ごとにしかないし、車掌のサービスは今いち。国鉄時代から比べると、かなり改良されたけど、この独占企業にはお世話になってはいるが、注文もいっぱい。

いにしへの奈良の都の八重桜けふ九重ににほひぬるかな

伊勢大輔

クルマを手放して五年目となる。

二十代半ばに免許を取り、以来、ずっとマイカー族として暮してきたので、運転歴は四十年近くなる。元来、不器用で粗忽者《そこつもの》、コツコツとクルマをへこますぐらいは朝飯前、溝に脱輪したり、電柱にぶつかったり、いろいろあったが、大事故には至らないでやってきた。

ところが、五年前、自宅近くで、タクシーに追突された。あっという間の出来事で、何ともしようがなかったが、私が追突するのならともかく、タクシーが私に……に驚いた。

ケガはなかったが、ムチ打ち症にならないかと心配で、二週間ほど、整形外科に通った。

そこで、ふと考えた。これが、立場が反対だったら、どうなっていたのだろう。私が被害者なので、ノホホンとしているけれど、加害者だったら、たいへんなことになっていたはず……。

しかも、最悪の場合は、人のいのちに関わる大事だ。

考えれば考えるほど、こわくなり、結論としては、クルマを手放そうということになった。

ただでさえ、買い物に超不便なところに住んでいるし、何かといってはクルマに頼っていたから、クルマが無いとなると、不便は目に見えている。大いに、迷ってはみたが、ひとまず、クルマ無しの生活を試みてみようと決心した。

以来、五年近くになるが、今ではクルマを手放して良かったと感じている。まずは、よく歩くようになり、健康にいい。街中での駐車場探しのめんどうがなくなった。しかも、クルマが無いと、駐車場代はじめ、保険、税金などの出費がなくなる。困ったときには、タクシーを利用するが、クルマ所有のための出費に比べて、はるかに少額で済む。手放したおかげで、クルマ無しの生活で得るメリットが、次々に見えてくるようになった。

クルマ社会といわれる日本だが、都会ではウィークデーの日中は、ほとんどの家のマイカーは、とまったまま。たいていは、土・日に利用され、街中は大混雑になる。しかも、クルマは常に危険と背中合わせ。走る凶器だともいえるのだから、もっとクルマを手放す人が増えてもいいのでは？　と思うが、世間の流れは、そうはなっていないようだ。

たった一人が利用するために、一台のクルマが道路であんな広い場所をとり、高速道路という名の大きな道が、都市の景観をだいなしにしている。

ノー・マイカー派になってからは、いろいろな観点からのクルマへの視点が見えるようになった。

いにしへの奈良の都の八重桜けふ九重《ここのえ》ににほひぬるかな

――古都、奈良の都で咲いていた八重桜が、今日は、新しい都、京都に献上され、九重（宮中）で美しくさきほこっていますよ

春は桜、まもなく桜見物の季節となるが、このときぐらいは、マイカー無しで、のんびりと、桜を楽しんでみては、どうだろう。

もろともにあはれと思へ山桜花よりほかに知る人もなし

大僧正行尊

新聞を読んでいると、「隠れキリシタンの里」として知られる、大阪府下、茨木市の民家で、「マリア十五玄義図」の原図二幅《ふく》が発見された、との記事が掲載されていた。いずれも、江戸時代の厳しい弾圧の下、キリシタンがひそかに受け継いできた貴重なものだという。

「隠れキリシタンの里」には行ったことがある。訪ねたというより、北摂山中をクルマで走っていると、偶然、「キリシタンの里」の表示が目にとまり、興味を抱いてその集落を散策したのである。

「キリシタンの里」は、かなり山深い地に、ひっそりとたたずんでいた。もう、ずい分、前のことなので、詳しい様子は忘れてしまったが、急斜面に建つ家々が、いずれも、とても静かで、どこか神聖な気がしたのを覚えている。

この記事に関心を抱いたのには、もう一つ理由がある。二年程前のことだが、ある朝、「天草のキリシタン館の者ですが……」と電話があった。「天草って熊本の天草ですか?」そう尋ねると、「そうです」との返事、あまりに突然のことなので驚いた。

電話の主の話では、私が、かつて、天草に話をしに行ったとき、担当だった方に、本を何冊か、預けたのだという。その代金をお送りしようと思いつつ、日が経ってしまったのだが、今回、どうしてもお送りしたいので、振込口座を教えてほしいとのことであった。

言われてみれば、十年以上前、天草に行き、東シナ海の真っ青な海の見える地で、話をしたことがある。担当の方の、お名前は失念してしまったが、同世代で、私の本をよく読んで下さっている方であった。「もう、代金は必要ありませんから、キリシタン館にカンパさせて下さい」そう、お願いしたが、どうしてもとの依頼者からの希望ですから、との返事。貴重な代金をいただくことになった。

何と律儀。誠実というか、私自身、すっかり忘れてしまっているのに……と、感激をした。隠れキリシタンの島として知られる天草のイメージと、かつての担当者の方の純な心が、ぴったりと重なるように感じた。

もろともにあはれと思へ山桜花よりほかに知る人もなし

――春はすでに去ろうとするのに、深山に分け入って出会った山桜。お前と二人きり、ひっそりと心を寄せ合わせよう。私にはお前以外に心通わす人もいないのだ行尊《ぎょうそん》は平安後期の歌人僧。この一首は修行僧として大峰山《おおみねさん》に入ったときの歌。深山で、たった一人で修行する自分の孤独を、山桜を見出《みい》でて慰められたのを一首としたものだろう。人里から遠く離れての深山で、まだ花を咲かせている山桜に、呼びかけるような調べが哀切をさそう。

山深い「隠れキリシタンの里」、あの地に、山桜はあっただろうか。再び訪ねてみたい思いがつのる。

めぐりあひて見しやそれとも分かぬまに雲がくれにし夜半の月影

紫式部

学生アルバイトという言葉には、それとなく、若き日々へのなつかしさが、つきまとう。先日、我が家に来て下さった編集者が、家にあったパンの袋を見て、「私、学生時代、ここでアルバイトしていたんです」とのこと。赤門出身の女性編集者だったので、なるほど、東大生のパン屋さんか、と少し嬉しい気持になった。そういえば、昨年、東京から来訪して下さった女性記者も「大学が、この近くだったので、その近くの眼鏡屋さんで、四年間、ずっとバイトしていたの」と話していた。

私が初めてアルバイトをしたのは花屋さん。大学の入試結果が発表されてから、東京の大学に行くまで、大阪の実家にほど近い花屋さんでの初バイトだった。きっかけは、花を買いに行くと、店の横にアルバイト募集の貼り紙があったのを見て、即、応募したのである。

アルバイトといっても、働くのはたいへんなことだが、花屋さんの仕事は、美しい外見とは違い、かなりの肉体労働だった。朝、出店すると、まず、花を入れているバケツの水を全て替えることから始まる。まだ、冬の終りの頃だったので、長靴をはいての水作業は、かなり厳しく、冷たかった。加えて花の売り方。壺の前方には前日の花。後方に新しい花を置き、前の方から売っていくのである。つまり、仕入れの早い花から順に売るというのを、初めて知った。これも商売の智恵なんだろうと、私は感心して、店主の言葉を聞いていた。

いちばん困ったのは、花の名前を詳しく知らないことであった。お客さんから尋ねられると、慌てて仕入れ伝票を見て答えたりしていたが、何とか少しでも覚えようと、暇なときは、花の名札を暗記したり図鑑を調べたりもした。

植物に興味が強く、花の名を少しは知っているのは、あのときのアルバイト経験が役立ったのかもしれない。そう、思ったりもする。

めぐりあひて見しやそれとも分かぬまに雲がくれにし夜半《よは》の月影

――やっとめぐりあって見たのが月だったかどうかもわからないうちに、雲の中に隠れてしまった夜半の月よ。久しぶりに会ったのに、幼友達《おさな》のあなただったか、はっきりとわからないまま、あなたは姿を隠してしまいましたね

作者は、『源氏物語』で知られる紫式部。一見、恋歌のようにも感じられるが、この一首は、幼友達の女性を詠んだものである。

百人一首の並べ方には、撰者と言われる藤原定家のさまざまな工夫や配慮が偲ばれるが、紫式部の歌の前には、和泉式部の一首が置かれている。歌の出来が、才女の第一の要素であった当時、和泉式部の歌の評価は高く、紫式部は、なかなか、それを越えられなかった。そこで、物語を書き始め、そちらで名をなした。そうした説もあるが、どうだろうか。それにしては余業だったかもしれない『源氏物語』の誕生は、あまりにも大きい。

玉の緒よ絶えなば絶えねながらへば忍ぶることの弱りもぞする　式子内親王

お弁当を求める機会が多くなった。先般も、おいしそうなお花見弁当を選びながら、かつて、お弁当はつくるものだったのに、今や買うものに変ってしまった。とちょっぴり寂しい気がした。

小・中学校時代は給食だったが、大阪での高校生時代は、弁当持参だった。当時、母の体調が優れなかったので、お弁当は、たいてい自分でつくっていた。料理は好きな方だし、お弁当づくりは、毎日、少しずつ変化をもたせるよう、さまざまの工夫をこらすのが楽しかった。夕食のおかずを少量残しておき、それに玉子焼や煮豆、昆布や佃煮などを添えて、見た目にもきれいにする。毎朝の密かな喜びでもあった。ことに、御飯の上にカツオ節をかけ、そこに海苔をかぶせ、まん中に梅干をちょこんと置く、海苔弁当兼日の丸弁当が好きでもあった。梅干は、あまり好物ではなかったが、入れておくと、食べ物がくさるのを防ぐという、母の教えに従った。

結婚したときも、彼のお弁当をつくるのが楽しみで、木製の弁当箱や弁当用の籠を買ったりもしてみたが、多忙の彼は、お弁当を食べる時間もないと、持参した弁当を、そのまま持って帰ることが多く、私は、ずい分、がっかりした。

あるとき、お花見弁当のお店が、京都の老舗の料理屋さんだったので、求める際、幾つか尋ねてみたが、駅弁などのお弁当には、海老が不可欠。ことに、関西には、その風潮が強い。また、揚げ物が入っていると、ボリュームが出るが、揚げ物の入ってない弁当の方が高価。焼き物や煮物など、手間のかかる品を揃えなくてはならないからだそうだ。そういえば、私が新幹線で、よく買う弁当は、揚げ物が入っていない。何となく上品で、懐石料理が詰まっている感じが気に入っているのである。

玉の緒よ絶えなば絶えねながらへば忍ぶることの弱りもぞする

――私の命よ、絶えるのなら絶えてしまいなさい。このまま、生きながらえていると、こらえ忍んでいるこの恋が心弱りして、外に現れてしまうかもしれないから

「忍ぶ恋」の作として知られる一首。式子《しきし》内親王は、十代のほぼ全ての十年間、賀茂斎院として過ごした。ゆえに、恋はタブー。この一首には、そうした背景があり、禁断の恋であるからこその激しさが伝わってくる。もちろん、題詠ではあるが、作者の直線的な性格が強く投影さ

れている。

斎院は未婚の女性で、神に奉仕するために置かれた存在。彼女たちは、どんな日常を過ごしていたのだろう。そんな中にも、恋があったのかもしれない。謡曲「定家《ていか》」は、式子内親王の恋の相手が定家だったかもしれないとの設定で生れた作。定家と内親王、何となく、似合いの二人とも思えてくる。

由良の門を渡る舟人かぢを絶え行方も知らぬ恋のみちかな

曾禰好忠《そねのよしただ》

森南海子《なみこ》さんの『私のエプロン図鑑』（三五館）は、楽しい本だ。図鑑と名付けられているように、さまざまのエプロンの写真が収められ、見ていると、何だか気分が浮き浮きする。

ロシア、ノルウェー、フランス、デンマーク、ポルトガル、スペイン、イギリス、ギリシア、森さんのエプロンコレクションは、多岐にわたっている。眺めていて楽しいのは、エプロンの基本的なかたちはたいていの国は同じで、首から掛け、スカートのような下の部分を後ろで結ぶ。そのパターンがそろっている点にある。

ヘェーッ、エプロンのかたちって、万国共通なんだと、初めて知ったが、かたちは似ていても、色彩や装飾が違う。目の覚めるような色に、おシャレな柄模様なのはフランス。こんなエプロンで料理していると、シェフにでもなった気分にしてくれそうだ。細かい刺繍が丁寧で、使うのがもったいない気がするのはグアテマラのエプロン。細かな手刺繍が、エプロンの裾を飾っている。中国のエプロンは、胸あてがなく、巻きスカート風の藍染めのもの。スカート代りにもできそうなのが魅力。

私もエプロンが大好きで、独身時代から、頒布会に入って、きれいなエプロンを集めていた。時々行っていたパン屋さんの若い奥さんが、素敵なエプロンを日々、くるくる換えて、いつも客人である私の目を楽しませてくれていたので、真似てみたいと思ったからである。

そういえば、母のエプロン姿は、あまり記憶にない。母は、エプロンではなくて、割烹着で、それも、ほとんどが白であった。

先般、高名な宗教学者の先生と京都で仕事で御一緒し、先生お気に入りの小料理店にお供させていただいたが、そこの女将さんが、和服に白い割烹着姿で、ありし日の母を思い出させてくれた。白の割烹着っていいなあと、あらためて思った次第。

由良《ゆら》の門《と》を渡る舟人かぢを絶え行方《ゆくえ》も知らぬ恋のみちかな

——由良の海峡をこぎ渡ってゆく舟人が、かいをなくして、行方も知らず途方にくれているように、私の恋も、これからさき、どうなるのか、まるでわからないことよ

恋の行方の不安をうたっている。由良は、紀淡《きたん》海峡と、京都の由良河口との二説があるが、ここでは海峡の方として解した。風景が大きく、一首が伸びやかに感じられるからである。

エプロンの話に戻るが、先日、我が家に来た友人が、私のエプロン姿を見てビックリ。自分

は専業主婦だけど、絶対、エプロンはしないんだそう。主婦の制服みたいに思えて、嫌だとのこと。えー、そんな考え方もあるのかと、エプロン好きの私は思ったが、時代と共に割烹着が遠のいたように、エプロンもすたれていくのだろうか。そんなことはない。そう思いたい。

有馬山猪名のささ原風吹けばいでそよ人を忘れやはする

大弐三位

出雲大社は賑わっていた。

二〇一三年は六十年に一度の大遷宮の年。そう聞いて、松江に仕事に行った折、大社を訪ねてみたのである。私が訪れたのは、遷宮祭の終った後で、ウィークデーの午前中だったが、多くの観光客が、広い神社内を埋め、人々の大社への関心の深さを知らされた。

出雲大社というと、縁結びの神様のイメージが強いが、案内をして下さった方の話で、あらためて納得した。

この地方では、十月を「神在月《かみありづき》」と呼ぶ。一般的な「神無月《かんなづき》」に対する呼び方である。つまり、全国の神様が、十月には出雲大社にお集まりになるので、出雲以外の地では、神様がいらっしゃらないから「神無月」。出雲では、神様が集まっておられるので「神在月」というわけである。

大社の本殿近くには、神様たちがお泊りになる長屋式の建物もあって、本当に、ここは「神在月の地なのだ」と、現実味が伝わってくる。

では、お集まりになった神様たちが、ご相談になるテーマは何か。それは、もちろん、縁結びの件である。

島根県古代出雲歴史博物館で行われていた「出雲大社展」には、神々が集まって縁結びの相談をする様子の描かれた「大社縁結図《えんむすびず》」や「出雲国大社八百万神達縁結給図《やおよろずのかみたちたまわうのず》」が展示されていて、なるほどと、よくわかった。

図では、くじ引きのようなものを束ねて持った男女の神様が、たくさん入り乱れて、くじを交し合っている。私たちの縁も、全て、ここで決まったものとの話には、笑ってしまったが、ほほえましくも思える光景である。

その帰途、出雲空港でお土産探しをしていたら、すぐ横を黒いパンタロンスーツの女性が通りかかった。あっ森英恵《はなえ》さんだ。一目見てわかった。私も森さんの蝶をモチーフにしたファッションのファンの一人。すぐ近くで拝見できて光栄。確か、森さんは島根県の出身。遷宮でいらしたのかしら、と思いつつ、後ろ姿を追ったが、その姿勢の良さに感心した。ピーンと伸びた背が、いかにも、トップデザイナーのオーラを漂わせていた。

有馬山猪名《いな》のささ原風吹けばいでそよ人を忘れやはする

――有馬山から猪名の笹原へと風が吹おろすといっても、そよそよとそよぐあの笹の葉の

ように、私はあなたのことを忘れなどするでしょうか。忘れはしません

訪れが途絶えがちになってきた男性が、あなたは私のことを忘れてしまったのでは、と心配してきたのに返して詠んだ歌。調べのよい一首で、有馬山や猪名も関西人には、馴染み深い地。三句までは「いでそよ」をみちびく序詞《じょことば》となっている。

作者、大弐三位《だいにのさんみ》は、紫式部の娘。百人一首では、母の次に名を並べているが、彼女たちも、きっと背筋の伸びた、賢明な女性だったのだろう。

なげけとて月やはものを思はするかこちがほなるわが涙かな　西行法師

大の野菜嫌いだった。

だったというのだから、今はそうではない。野菜大好き人間とまではいかないが、たいていの野菜を、ほぼ毎日、食べている。

きっかけはダイエット。この二、三年の間に五キロも肥ってしまった。とにかく、五キロというと洋服のサイズが一つ以上違う。クローゼットに並んでいる、どの服もどの服も、どうしても入らない。おまけに靴や下着までが、入らなくなってしまった。これは大変。経済的にはもちろん、日常の生活の中で、不便なこと、困ることが、次々と出現。

そこで、何とかダイエットしようと考えた。身近に、キャベツばかり食べてダイエットに成功した友人がいたので、野菜ダイエットに関する本を何冊か買ってみた。ダイエット法は様々あるが、これなら野菜嫌いも直るだろうから一石二鳥。そう思って実践しはじめたのである。

最初は、ずい分苦労をした。キャベツの千切りやレタスのサラダなど、生野菜は、まるでダメ。鍋物でも、ネギや白菜を決して口にしない。ずい分な偏食志向だったのだから、野菜中心のメニューをつくるのは、頭の痛い仕事だった。ところが……。週一度、スーパーで、いろんな野菜を片っ端から買っているうちに、野菜のおいしさに目覚めたのである。

どうも、食わず嫌い。子供の頃からの野菜嫌いが、この齢まで尾を引いていたのだろう。キャベツの千切りもシーザースサラダにすればOK。ネギは小口切りに切って、めん類を食べるときに山ほど入れる。ズッキーニは輪切りを炒めて、かつお節をかける。玉ネギも水にさらして、サッとサラダに。毎日、野菜とにらめっこしながらの簡単料理のおかげで、もう、野菜嫌いは卒業しつつある。

ところが、肝心のダイエットの方は、まるで効果ナシ。昨日も、ボールいっぱいつくったポテトサラダをパクパク食べてしまったのだから、いくら野菜でも、量を加減しないと、ダイエットにならないのは当然。

なげけとて月やはものを思はするかこちがほなるわが涙かな

――月が嘆けといって私に物思いをさせるのだろうか。いえ、そうではなくて、月にかこつけて流れ出る私の涙であることよ

中世歌人の一人として知られる西行。名歌の多い彼の歌から、定家は、この恋の一首を選ん

でいる。恋の涙を月のせいにしようとする西行の作は、彼の生き方と重なる部分が大きい。二十三歳で出家し、旅と修行に生きた西行。そうした生き方の中での恋の歌なので、どこか恥ずかしさを秘めた一首でもある。西行イコール、ストイックな生。そう考えると、私の実践中の食生活は、単に野菜志向だけではなく、もう少しストイックにしなくては……とおおいに反省した次第。

鵲の渡せる橋におく霜のしろきを見れば夜ぞ更けにける

中納言家持

――きっちり足にあった靴さえあれば、じぶんはどこまでも歩いていけるはずだ。そう心のどこかで思いつづけ、完璧な靴に出会わなかった不幸をかこちながら、私はこれまで生きてきたような気がする。

須賀敦子さんの『ユルスナールの靴』は、こんな言葉で始まる。

靴、私にとっての靴も、須賀さんの思いに近い。もちろん、この文章は、靴を人生に重ねてのものだが、その意味でも、大いに共感する言葉だ。

身近な話をすると、私は足のサイズが小さい。二十一・五センチしかない。身長も、そう高くないので、それなりなのかもしれないが、靴屋さんに行って、まず、自分の足に合った靴に出合うことがない。たいていの靴は、いちばん小さいサイズが二十二センチ。それも、稀にしか出合わない。

気に入ったデザインの靴を見つけ、自分のサイズを言うと、ほとんど、「残念ですが、そのサイズはございません」との返事が返ってくる。そこで、気に入ったというより、とにかく、小さくて何とか足に合いそうな靴、二十二センチに、無理やり靴の底敷きを敷いたり、つま先に詰めものをしたりして間に合わせることになる。

だが、サイズの違う靴は、はいているうちに、どうしても、無理が生じる。経験のある方も多いと思うが、足に合わない靴で歩いていると、足が痛むし、歩きにくいし、そのうち、靴を脱いで裸足で歩いてしまおうかと思うほど、つらくなるものだ。

個人用にハンドメイドのオーダー靴をつくってくれるという靴屋さんを知り、はるばる訪ねてみたが、三年待ちですと言われて、しょんぼり帰ってきたこともある。今は、半分、あきらめ気分で、半オーダーという靴を求めているが、これもピッタリとはいかず、我慢我慢の心境である。

須賀さんの言葉ではないが、「きっちり合った靴さえあれば……」が身に沁みる日々。靴って大切。何しろ歩く糧なのだから。

鵲《かささぎ》の渡せる橋におく霜のしろきを見れば夜《よ》ぞ更けにける

――かささぎが渡したという天上の橋に、あのように白く霜が降りているのを見ると、夜も、もう、すっかり更けたのだなあ作者は、万葉集の編纂に深く関わった大伴家持《おおとものやかもち》と言われているが、定かではない。かささぎの橋とは、中国の七夕伝説に由来し、七夕の夜になると、かささぎの群れが、真っ白な羽を天の川に渡し、織女《しょくじょ》を渡らせたとの空想から来ている。

古来、七夕は夏の夜のことだが、それを冬の霜と結びつけての一首は、大らかで、白い幻想世界をつくりあげている。

韓国を旅した折、白と黒の羽毛の美しい、かささぎを何度か目にしたが、国内では、まだ出合ったことがない。幻想世界とはいえ、織女は、どんな履物をはいて天の川を渡ったのだろうか。考えてみると興味深い。

夜をこめて鳥の空音ははかるともよに逢坂の関はゆるさじ

清少納言

たまご、玉子、卵、いずれも卵だが、私自身、この三つの表記を書き分けている気がする。子供の頃から、ずっと身近にあり、毎日のように食べ、今も冷蔵庫には必ずある食べ物。しかも、昔から、さほど値段が高くなってはいない、主婦の味方のような経済的な食品でもある。生卵、卵かけご飯、卵焼きなどは卵。目玉焼き、スクランブルエッグ、オムレツのときは、玉子。たまごは、ちょっと違う意味で、「まだ、習いはじめのたまごです」のように使う。

いずれにしても、玉子も卵にも、いくつもの思い出がまつわる。小学校に入学する少し前、母が入院した。父に連れられ、母の病院に行ったとき、母の食事だった「菜種（炒《い》り玉子）」を分けてもらった。そのおいしかったこと。まだ、卵が高級品で、滅多に口に入らなかった頃のことだ。

その後、我が家でしばらく鶏を飼っていた時期もあったが、大抵は近所で鶏を飼っている家に買いに行っていた。あるとき、慌て者の私は、卵を買っての帰りに、卵を落として割ってしまったのである。二個買った、二つ共を。あのとき、家に帰れず、べそをかいていたけど、その後、どうしたのか、思い出せない。

ただ、今でも、時折、スーパーマーケットから帰ってみたら、卵が割れていたり、冷蔵庫から取り出すときに、落として割ってしまったりする。

卵を不用意に割ってしまったときのあの気持って、何とも言えない。残念で、切なくて、もったいないし、何よりも、卵に申し訳ない。


取り落とし床に割れたる鶏卵を拭きつつなぜか湧く涙あり

私の歌に、こんな一首がある。

自分でも気に入った歌でもあるが、歌手の都はるみさんから二曲目の作詞を依頼されたとき、必ず、この一首を入れてくれるようにとの希望があった。これを歌謡曲に？　と驚いたが、はるみさんは、この一首に命の儚さをみていたのだと、後々、気付いた。卵は、すなわち、いのちなのだ。


夜をこめて鳥の空音《そらね》ははかるともよに逢坂の関はゆるさじ

――夜もあけないうちに、鶏のまねをして関所の門を開かせようとなさるのですね。決して逢坂の関の関守はだまされませんから、逢おうとなさっても、とてもとても無理……

作者は清少納言。『枕草子』を著《あらわ》した女性として知られ、深い教養の持ち主でもある。この一首も、『史記』に登場する孟嘗君《もうしょうくん》が、従者に鶏の真似をさせた故事を踏まえてのもの。函谷《かんこく》関《かん》の関守はだまされても、逢坂の関は、だまされませんと、おおいに機智に富んだ作。清少納言ならではの才が光る一首だ。

当時は男性の学問だった漢籍を自由に操るアッパレともいうべき女性。この才智は見習いたいもの。

Ⅳ　あこがれ

晶子が愛した気の山

眩しいまでの緑だった。

オレンジ色の車体が、線路の両側に続く柔らかな緑を、かき分けるようにして進んで行く。楓は、紅葉のときはもちろん、新緑の季節も、また素晴らしい。

京都・洛北、高野川沿いにある叡山電鉄出町柳駅から乗った明るいガラス張りの車窓から見る光景は、青葉の頃の楓の魅力を、あらためて教えてくれるものであった。

ちょうど一年前に鞍馬寺を訪れた。

その折は、仁王門下の鞍馬駅近くまでクルマで行き、山上の本殿まで九十九折《つづら》りの参道を歩いて登った。六月初旬、ただでさえ湿気の多い時期なのに、鬱蒼とした緑に囲まれた九十九折りの山道を三十分ほど歩き、本殿に到着する頃には、全身、汗びっしょり。奥の院まで足を伸ばす気力も元気も無くなってしまっていた。

その経験から、今回は叡山電鉄を利用して電車で鞍馬駅まで行き、駅から仁王門（山門）を通過して、多宝塔のある新参道の入口まで、ケーブルで登るルートを取った。このルートだと、九十九折りの三十分の道を、たった二分で駆け上がることが出来る。私のように脚力の弱い者や年配の方には、ケーブル利用の方が好ましいかもしれない。

「紅葉のときもええけど、この季節の紅葉（楓）も、ええでっしゃろ」

叡山電鉄の車内で、向かいの席に座った銀髪の女性が声を掛けて下さった。見ると膝の上に乗せたバッグの隅に枯れかけた下野《しもつけ》の花を挿している。下野は挿し木にすると根が付きやすいので、加茂川べりでもらってきたのだという。

次々と気さくに話しかけて下さり、車窓に広がる緑、緑の海の中に時折見える白い花は野性の空木《うつぎ》、白は野性で、外《ほか》には紅もあると話しながら、電車を離れ、村里を思わすのどかな風景の中に去っていった。

道中がいい。

鞍馬寺の魅力の一つに、まず、その点をあげたい。

仮に私自身を旅人と仮定すると、京都まで来て、市内の寺院や辻々を巡るのが一つの旅。鞍馬行は、京都の町中からのもう一つの旅。都から鄙《ひな》というか、今風にいうと、市街から里山、隠れ里へ向かう、心休めの旅といえる。

旅は、はっきりとした目的が少ないほど、ぼーとする時間が多いほど、本来の旅に近付く。

近年盛んなスケジュールに縛られた寺社巡りなどは、ツアーと称する旅もどきで、本物の旅ではない。自然や人間との偶然の出会いがさまざまの空間や思い出を開いてくれるのが、本来の旅の良さであり、日常を如何に脱し、日々の生活を引きずらないかが、その鍵ともいえる。

今回の旅は、鞍馬寺に行くという漠然とした目的はあったものの、それ以上は何も考えていなかった。出町柳を出発し、二両電車の片隅に座っていると、自ずと何かが湧いてくるはず……。そう思っての旅の始まりだったが、下野を持った女性との出会いは、その予感が的を射ていたことを実感させてくれた。商業的な匂いのない素朴な京言葉、樹々や花々に寄せる細やかな心配り。今日の旅が、季節の花々やのどかな時間の流れの中で開かれるであろうことを期待させてくれる出会いであった。

不如帰《ほととぎす》が鳴いている。

六月とはいえ、下界ともいうべき京都市街は真夏のような暑さだった。ケーブル終点は、標高三百七十メートル。急な斜面を一気に昇るケーブルを降りると、さすがに涼しく、ひんやりとした山の湿りを帯びた風が流れている。

終点は、朱塗りの多宝塔下にある多宝塔駅。そこから本殿前までは、空に向かって聳え立つ杉林を潜《くぐ》るように続く約十五分の道。時折、「ホーホケキョ」と鶯の鳴き声が交叉する、なだらかな山道である。

新参道と呼ばれるこの道の終り近く、九十九折り山道と新参道が合流する付近は、七月初旬、姫蛍が飛び交い、夜の九時過ぎからは、夜の乱飛《らんぴ》が見られるという。蛍に出会うには、ちょっと早すぎる鞍馬行だが、真っ暗を想起させる「鞍馬《くら・ま》」の闇を飛び交う姫蛍。思ってみるだけでも幻想的で眩《まばゆ》いばかりの美しい光景である。

鞍馬は道中がいい。先に、そう述べたが、鞍馬山信仰の中心となるのは、山に入り、鞍馬の山の中に身を置き、俗的な人間界と回路を断ち、頂上を目指し、歩を進めながら、澄明な山の気に浸る。そこにあるのではないだろうか。

山の気。「気」は、目には見えない。感じるものだ。ケーブルを降りたときから、私は「気」の気配を感じ続けていた。杉林をゆったりと撫でながら、吹き過ぎる風。姿は見せないが、耳元を掠めてゆく不如帰や鶯の声。そして、木々の薄闇の奥に、ひっそりと身を潜めているであろう鹿や猪、ムササビやモリアオガエル……、さまざまな小動物や昆虫が、鞍馬の山の自然との語らいを楽しんでいる。彼らは、ずっと遠い時間の彼方から営み続けている生を、ほぼ、そのままのかたちで、今も謳歌している。

言わば、鞍馬は原始から今に至る自然がつくり出した天然の霊山なのだ。

というより、鞍馬の山では、見えるものと見えないものとが、互いに息を交し、生を共有しながら、人間を越え、しかも、人間をも包み込んでしまう、なだらかな何かを醸し出している。鞍馬が山全体として霊山として敬われるのは、山自体から溢れ出る泉のような「気」のせいなのでは……。

目に見えない「気」の恩恵は、電車の中で会った、あの女性との巡り合わせから、すでに始まっていた。そう思って、ふっと我に還った私の前を、山の精の一員を思わせる黒揚羽《くろあげは》の薄い羽が、さやさやと戦《そよ》ぐように過ぎさっていった。

本殿金堂前まで昇りつめ、香をあげると、急かされるようにして、奥の院へと通じる山道へと向かった。ほんの少し前から、私は、山の気とは異なる、もう一つの「気」が喚《よ》んでいるのに気付いていた。

山の菁莪《しゃが》咲きも乱れず清く立つ牛若と云ふ少年のごと　　与謝野晶子

鞍馬を訪れ、このような歌を残している晶子の気配、彼女に喚ばれているような「気」が伝わってきたからだ。

もう、だいぶん前になるが、二〇〇〇年（平成十二）の十二月、冬の最中に鞍馬に来たことがある。鞍馬寺というより、霊宝殿（鞍馬山博物館）正面に佇む冬柏亭《とうはく》を訪ね、一日を過ごした。テレビの放映用に与謝野晶子が好んだ紫色の着物を身につけ、晶子が実際に使っていた文机《ふづくえ》に向かって歌を詠み、語ったりしたのである。

与謝野晶子は、一八七八年（明治十一）、大阪・堺の生れ。夫、鉄幹（本名・寛）の主宰する東京新詩社の機関誌『明星』の推進役となり、近代随一の女性歌人として知られる存在である。

歌人の大先達であり、遙かな目標として敬愛してやまない晶子。その晶子に触れて語るという番組制作のためその冬の一日を、私は冬柏亭で過ごしたのである。

鞍馬と与謝野鉄幹、晶子夫妻との結びつきを、私は、そのときまで、うかつにも詳しくは知らなかった。むしろ、東京・荻窪の与謝野家で晶子の書斎として使われていた冬柏亭が、鞍馬に、そっくりそのまま移築されているのを知り、驚いたのだった。

一九〇〇年（明治三十三）創刊の『明星』は第一次が百号で、第二次が一九二七年（昭和二）四月をもって終刊となった。その後、周囲の雑誌復刊の声に応えてつくられたのが一九三〇年（昭和五）創刊の「冬柏」である。与謝野夫妻ゆかりの「冬柏」の名を持つ書斎。晶子が膨大な数の歌や評論を綴るのに日がな籠っていたであろう冬柏亭。その冬柏亭で私が晶子愛用の文机を前にして、彼女の歌と生涯に触れて語るとは……。夢にも思ってなかったことが現実になった。そのときのおののきというか感動というか、不思議な思いが、晶子の気配となって、私を再び冬柏亭に喚び寄せたのだ。

与謝野夫妻と鞍馬寺との結びつきは、一九四七年（昭和二十二）、鞍馬弘教《こうきょう》が新しい時代の動きに応じて立教開宗されたときの初代管長、信樂香雲《しがらきこううん》師が晶子の直弟子《じきでし》であったことに由来する。

一九三五年（昭和十）三月二十六日、不帰の人となった鉄幹の告別式は、同二十八日、夫妻が教鞭をとっていた東京・神田の文化学院で行われたが、その折、導師を務めたのが香雲師であった。彼は晶子の信頼深い高弟の一人だったのである。

香雲師の娘であり、現在の管長である信樂香仁貫主《こうにんかんす》にうかがったところ、晶子の死後、冬柏亭は一時、同じく高弟の大磯の岩野喜久代氏の地で管理されていたが、より広く多くの人々に開かれるように、一九七六年（昭和五十一）、現在の場所に移築されたのだという。

遮那王《しゃなおう》が背くらべ石を山に見てわが心なほ明日待つかな　寛

霊宝殿横に建つ鉄幹の歌だ。

遮那王、すなわち牛若丸が奥州へ下る際、名残を惜しんで背くらべをしたという石。その石を鞍馬の山に見て、私もまた、明日という未来を心待ちする気持になった気がする。

鉄幹らしい前向きの姿勢が好ましい一首だ。

その横には、

何となく君に待たるるここちしていでし花野の夕月夜かな　晶子

晶子の初めての歌集『みだれ髪』中のよく知られた一首が刻まれている。

鉄幹と晶子、香雲師と親交深かった二人は再々、鞍馬を訪れ、歌を残している。

めぐりつつ鞍馬の山のつづら折り転法輪を我が身もてする　寛
うずざくら錦を着つつうれうれどなほ御仏をたのみてぞたつ　晶子

九十九折りの参道を悠然と登る二人の姿が立ちあがってくる。先進的な考えを持つ二人ではあるが、元はと言えば寛は京都・岡崎の寺の息子。九十九折りを巡っているうちに自分の中に眠っていた転法輪《てんぽうりん》が甦ってきた気持になったのだろう。晶子の歌からは、鞍馬山を埋めつくすという雲珠《うず》桜が錦織りなすようとの表現から春の来訪だったことが想像される。

霊宝殿内二階の与謝野記念室には、こうした鞍馬をうたった二人の直筆の色紙や短冊、晶子作の百首屏風、彼女が使っていた硯《すずり》や筆、落款《らっかん》などの遺品が、さりげなく展示されている。

ことに私は、晶子の、

亡き人の鞍馬の石に残す歌明日を云へるが哀れなりけり　晶子

この一首が身に沁みた。

鉄幹の一周忌は鞍馬寺で行われているが、かつて二人で来たとき、存命だった鉄幹は、明日があると信じた歌を残している。今となっては、かなしい思い出となってしまった……。晶子の鉄幹への直截な思いの託された歌だ。

鉄幹の歌碑は、彼の死の三年後、晶子の碑は、その後、十七年経て建てられている。

今では寄り添うように建つ二基の碑だが、その間の晶子の寂しさを思うと、先の一首ではないが、名状しがたいものがある。

与謝野記念室には、鉄幹を亡くした後、晶子が一人で鞍馬寺を訪れた折の写真が飾られてあるが、雲珠桜の下の晶子は、どこか憂いを湛えているふうに見える。鉄幹あっての晶子、晶子あっての鉄幹、を偲ばせる一葉で、私はしばらく、その写真の前で時を忘れて佇んでいた。

霊宝殿を出ると、夕暮れ近くなった風が、周囲の緑をたっぷりと含みながら流れていたが、あらためて二人の歌碑の前で合掌し、再び、冬柏亭の前に立った。

濡れ縁に面した六帖の和室と奥の三帖の間。入母屋《いりもや》風の簡素な建物だが、在りし日の晶子が座り、歌を詠んでいた。そうした日々のままに、障子や窓が開かれ、外から、室内の様子が、そっくりそのまま見えるように開放されている。飛石を踏んで濡れ縁まで行き、そこに座って、晶子が、かつて吸った空気を、今も同じように吸うことができる。冬柏亭はそんな開かれた空間なのである。

冬柏亭で味わう、この大らかさ、開放感は、鞍馬寺全体を通して言えることだ。言いかえれば、優しさとも言える。どちらかというと女性の持つ母性を思わす抱擁力。山に入り、山に身を浸すと、自ずと心が安らぎ、何かに守られている気持になれる。それは、未生《みしょう》以前に母の胎内で、水に身を任せ、揺れていたときの記憶につながる。

現在の香仁貫主が女性であるゆえだろうか、山全体を包む空気、そこに流れる風、山から醸しだされる気そのものに、女性的で細やかな気分が満ち溢れている。

鞍馬山ケーブルの利用が運賃なしのご寄進（片道乗車）二百円という、心憎いまでの配慮が、鞍馬寺の目指すところを端的に示しているといえるだろう。

鞍馬の山に一歩、足を踏み入れると、樹々から、花々から、水の流れから、そこここから伝わってくる気は、元気の気であり、空気の気であり、勇気の気であり、さまざまの気の集合体であると思うが、山の持つ霊力と、そこに息づく自然や動植物、それを司る人々とのなだらかな共生が、目に見えない一つの力、山の気となって、私たちに力を与えてくれるのだと感じる。押しつけではない、感じるものとしての神秘性が、ここには存在する気がしてならない。


奥の院への急な山道を登りはじめると、暮れ方の薄闇が迫ってきた。

義経堂を過ぎ、木の根道を下ると魔王殿を過ぎ、山道は貴船へと通じる。

もう、ずい分前、学生時代に、その道を歩いたことがある。


物おもへばさはのほたるもわが身よりあくがれいづる魂《たま》かとぞ見る　和泉式部

平安期を代表する女性歌人、和泉式部の歌に魅かれての貴船行であった。

この一首も、失意の中にある女性の歌。夫を失った晶子の思いに通じる哀れを感じさせる一首だ。

鞍馬、気、晶子、魂、式部、そんなことを考えていると、目の前に幻の姫蛍が光の流れとなって私の前を過ぎっていくような気がした。

一人の兵の葛藤――近藤芳美歌集『吾ら兵なりし日に』

『吾ら兵なりし日に（早春歌・補遺）』は、昭和五十年（一九七五）七月十七日に、短歌新聞社から刊行されている。近藤芳美、六十二歳の歌集である。岩波書店刊行の『近藤芳美集』の第一巻にも収められ、第一歌集『早春歌』と第二歌集『埃吹く街』との間に置かれている。つまり、この歌集は、独立した一集ではなく、あくまで「(早春歌・補遺)」として成立しているものである。それには理由がある。

私がまだ、近藤先生のお宅に通っていた頃、とし子夫人が、耳元で、「幻の歌集ができそうなの」と小さな声で囁かれた。後々、わかったのだが、近藤先生が戦場から病床のとし子夫人に送った葉書の余白に、何首かの短歌を記し、それをとし子夫人の弟さんが清書し、一冊の手帳に残されてあったのだそうだ。

その間の詳しい事情は『吾ら兵なりし日に』のあとがきに記されてある（一部は「アララギ」に投稿され、『早春歌』に収められてある。ゆえに、早春歌・補遺となっているのである）。作品は約百五十首。

ポケットを弛《たる》ませ重き認識票ありよはひ後れて兵となる日に

歌集は、こんな一首から始まっている。

「昭和十五年九月二十五日、補充兵として召集令状を受く。」と詞書がある。「結婚後二ヵ月目の令状であった。

「認識票」がわからない。本人確認のようなものだろうか。私がわからないのだから、若い世代は、もっとわからないのではないか。

丈高きことがここにても目立ちつつありありて良き兵の一人とならむ
少年の眼をして巴里を行きしといふナチスの兵を思ふ何ゆゑ
次々に鼠のごとく吊られつつ軍馬は嘶《な》けり川波の上

一首目は、近藤芳美が、長身であったことから想像できる。「良き兵の一人とならむ」は、かなり、無理をしての諦観だろうし、実際、自らに言い聞かせていた言葉だろう。二首目は、自分の目もそうあってほしいという願望であり、三首目は、鼠のごとく吊りあげられる軍馬に、一兵卒の自分たちの姿を重ねているのだと考えられる。また、ここは戦場ではない。だが、激しい戦場へ至る前の心の整理、覚悟といったものを思惟している作者が見える。

耳にかけて血を吹き伏せる兵のかたへ吾の担架は並べ置かれつ

起き直り包帯のしらみ取りて居り表情のなき傷兵の日々

問はるるまま手紙の文字も教へつつ吾にみなやさし農民の兵

一首目は、生々しい戦地の様子。二、三首目は、そこでも、ほっとする時間の流れが感じられる作である。ことに、手紙の字を教えるという三首目には、軍隊においても、人間的交流のあることを知らされる。胸を病んでいることを知らされての後の作である。

まさびしき夢精をしたりうつしみは稚き兵に並び覚めつつ

この集で、いちばん心に残った一首。つまり、軍隊であれ、どこであれ、人間は一人の人間であるということ。女性のわたしにとっては、想像以上のものでしかないが、一人の若い肉体がいきづいて生々とした作と読んだ。

国は今は一人の兵を要求す戦ひ果てむ病む体さへ

受領せし戦闘帽と兵服とベッドの上にひろげ疲るる

病兵であった作者は再び戦線へ。そのときの素直な心情が語られた作である。病む体さえ要求する国。国とは何かを考え、作者は疲れる。どこか納得できないのである。

妹といつはり逢ひに来《きた》りしが面会所の中にあはれなりにき

戦時下にも恋も愛もある。広島の宇品で待機中だった作者に、新潟にいるはずの妻が面会にくる。妹といつわって。重い時間の中で、淡々としたときが流れたであろう一首である。

二人の妻と「炎立ち」

吉野秀雄に「前の妻・今の妻」という随筆がある（「婦人画報」昭和四十年四月号）。冒頭で彼は、その年で数え六十四歳になったことを述べている。彼の言う通り、秀雄は生涯に二度の結婚をした。ゆえに、妻を二人持ったことになる。前の妻である「はつ子」、今の妻「登美子」、この二人が、秀雄の妻である。

はつ子は、上州高崎生れの秀雄が、生来病弱の体質が高じ、慶応の経済学部の卒業を目前にして、胸の病にかかるのだが、その最中に、娶った妻である。結婚は、秀雄、二十五歳の年。看護婦代りにとの彼女の強い要望で夫婦となったと、前記の随筆で彼は回想している。

夫婦は昭和六年（一九三一）の初夏、二人の子供と共に鎌倉に移り住み、二人の子を得、秀雄は男女四人の子の父となる。秀雄の生家は織物問屋。父から譲られた財産もあり、一家は生活に困ることはなかったようだ。

鎌倉での生活が十年を過ぎる頃、夫婦に突然の不幸が襲った。はつ子の発病である。秀雄によると、はつ子は「人一倍丈夫なたち」、自分が先に亡くなるものと思っていたのが、想像だにしない、はつ子の病気。しかも、胃の中にできた肉腫という難病であった。昭和十九年（一九四四）八月二十九日夜、はつ子は四十二歳の生涯を終える。こう記せば、何ともないが、この間、秀雄は、病む妻を看取る歌を延々とつくり続けていたのである。

はつ子の入院から死へ、死から百日忌あたりへかけて、わたしの歌は百数十首ある。やや作りすぎた感じもするると、本人が顧みているが、病に伏す妻を前に、ここまでもといった印象の残る秀雄の行為である。念仏を唱えるかのように口をついて出る言葉をかきとめたとされる作中、

古畳を蚤のはねとぶ病室に汝《な》がたまの緒《を》は細りゆくなり
病む妻の足頸《あしくび》にぎり昼寝する末の子をみれば死なしめがたし
をさな子の服のほころびを汝《な》は縫へり幾日《いくひ》か後《のち》に死ぬとふものを
『寒蟬集』

こんな歌がある。妻の死を覚悟してのものだが、何とか生きてほしい。子供たちの為にも。そんな秀雄の思いが伝わる作だ。中でも、百数十首という看取りの歌の中に、特筆するべき作品がある。はつ子が亡くなる前日の夜の出来事をうたった作……。

真命《まいのち》の極みに堪へてししむらを敢てゆだねしわぎも子あはれ

これやこの一期《いちご》のいのち炎立《ほむらだ》ちせよと迫りし吾妹《わぎも》よ吾妹《わぎも》

ひしがれてあいろもわかず堕地獄《だぢごく》のやぶれかぶれに五体震はす

同

秀雄自身も、これらの歌を、後になってためらいがちに回想しているが、歌そのものを事実として受けとめるとすれば、凄まじい作とも言える。ことに、二首目について言えば、死を前にした妻が、夫に向かって、「最期に私を……」と必死になって迫ってくる様子が伝わってくる緊迫した一首である。

この作品を相聞、恋の歌と呼んでいいかどうか迷うところであるが、私は、秀雄にとって、死にゆく妻への、せめてもの恋の歌であり、思いやりであっただろうと想像する。

ただし、吉野秀雄の恋の歌について語るについては、「今の妻」、登美子についても語らねばならない。なぜならば、登美子は、夭逝詩人として知られる八木重吉の妻だった女性で、重吉亡き後、四人の子供を抱えて多忙な日々を過ごしていた秀雄の元に、教育係としてやって来、後に秀雄と結ばれたひとだからである。

彼女は、はつ子亡き後の秀雄にとって、かけがえのない女性となった。

これの世に二人《ふたり》の妻と婚《あ》ひつれどふたりは我に一人なるのみ

『晴陰集』

秀雄の本心は、案外、この一首にあるのかもしれない。

直感力が生んだ川柳作家——時実新子さんを悼む

春待ちの烈風がガラス窓を叩き、激しい風音に何度も目を覚ました。眠る前、手にした『時実新子全句集』の、

かつて乳房は古墳の形して在りし

目を覚ます度に、その句が甦り、眠ろうとするからだを、覚醒した鋭い意識が邪魔をしていた。

時実新子さんが亡くなった。知ったのは、（二〇〇七年三月）十日の夜、八時過ぎだった。ほんの数日前、仕事でお会いした方から、時実さんがご病気とうかがったばかりだったので、あまりにも呆気ない最期の報《しら》せに、しばらくは茫然としたままで、眠剤の助けを借りての眠りであった。

時実さんの乳房の句を思い出したのには、理由がある。初めてお会いした折の言葉だ。彼女の文学への出発は短歌だった。十七歳で見合い結婚。婚家での忍従を強いられる日々の中で短

歌に打ち込むようになったが、中城ふみ子の歌集『乳房喪失』を読み、こんな凄い歌人がいるのなら、自分など、短歌の世界に必要ないと思い、短歌をやめた。そう、おっしゃったのである。

『乳房喪失』が刊行されたのは一九五四年（昭和二十九）。その年、時実さんは、川柳をつくり、投句、入選を果している。中城ふみ子の作品に衝撃を受け、短歌を手放した時実さんが、川柳に自らの活路を見いだした。そこに運命的なものを感じる。

短歌「五・七・五・七・七」の「七・七」を切り捨てた詩型である川柳。川柳の持つ潔さと断定的な物言いが、時実さんの資質に見事に一致した。

川柳作家、時実新子の誕生は、彼女自身の個的な決断によるものだったが、今、ふり返ってみると、時代が彼女を必要とし、時代が欲して、時実さんが選ばれたとも言える。

どんなジャンルに於ても、時代の子として選ばれた存在は大変だ。選ばれたゆえの幸と不幸の両方を背負わねばならないのだから。ことに、伝統を継承する短詩型の世界では、新しすぎるもの、時代に敏感なものほど、疎まれ、叩かれる嫌いがある。女性であれば、なおさらのこと。与謝野晶子然り、中城ふみ子然りである。

愛咬《あいこう》やはるかはるかにさくら散る

男男男と書いて敵と読む

こうした句が、市民権を得るのは、至難の業だ。女性作家の時代、と表面的には語られてはいるが、実際には、文学も、いまだ、男性作家の価値観で動いているし、文学と社会倫理を切り離して考えられない人が殆《ほとん》どなのが現実である。

短歌にとって、私は必要ないと悟った時実さんは、同時に、川柳は私を必要としていると直感的に知った。そのときの直感力が、川柳作家時実新子を誕生させた。私は、そう信じてやまない。

それ以降の時実さんの足跡は、その自負を背景として、世間一般に「川柳作家時実新子ここにあり」「新子が川柳を変えるのだ」、そうした信念を貫くための全力疾走だったように思える。

一本のたばこ転がしさびしがる

好きだった煙草を、おいしそうに喫《す》う時実さんの姿が思い出される。

ご冥福を――。

すべて体あたり　眩しく――河野裕子さんを悼む

河野裕子さんが亡くなった。仕事先に向かうモノレールの駅で、携帯電話で知らせを聞いた私は、その場にしゃがみ込んでしまった。つい先日、彼女の住む京都を訪れ、「裕子さんの病状はどうなんだろう」と同行の知人と話したばかりだった。

彼女は私より一歳上の昭和二十一年生れ。初めてお会いしたのは、三十代になってからだが、彼女のことは二十代前半のごく若い頃から知っていた。短歌に関心を持ちながら学園闘争期の大学に身を置いていた私は、当時は短歌どころではなく、書店の店頭で、短歌雑誌をめくり、大学三年で角川短歌賞を受賞し、

今刈りし朝草のやうな匂ひして寄り来しときに乳房とがりゐき

といった瑞々《みずみず》しい作品を発表し続けていた彼女を遙かな憧れとして仰ぎ見ていた。

「女・たんか・女」と称するシンポジウムを企画し、自らパネリストを務めながら、各地を巡る。そんな行動を共にしたのは、彼女も私も三十代半ばになってから。阿木津英《えい》さん、先に亡

くなった永井陽子さんらと、四人一括りにされ、「三十代女性歌人」と呼ばれ、俵万智さん登場に至る今の女性短歌隆盛の先駆けとなったといわれた。振り返れば、なつかしい日々のことである。

彼女の著書に『体あたり現代短歌』という評論集があるが、河野さんの歌も生き方も振るまいも、すべてが「体あたり」だったと今となっては感じる。言葉を変えれば、ストレートな激情の人であり、シンポジウム前日の深夜に電話がかかり「明日、何しゃべるんか教えて。私まだ、考え、まとまれへんから」と長話をするような人でもあった。友人として、全面的に受容できるタイプではなかったが、

胎児つつむ嚢《ふくろ》となりきり眠るとき雨夜のめぐり海のごとしも

と身妊《ごも》りを歌い、

君を打ち子を打ち灼けるごとき掌《て》よざんざんばらんと髪とき眠る

と、夫や子を歌う彼女は、夫も子もない独り身の私にとっては、眩しすぎる対象であった。ことに学生時代に歌を通して知り合い、結婚した夫君、永田和宏さんの存在は、河野さんにとっては、合わせ鏡のもう一枚であるかのように大きかった。「私、歌つくったら、まず永田にみせて、彼が○印をつけたのを出すの」。臆面もなく、そう語る彼女だったし、それを大切

にしているかのごとき永田さんの余裕ある態度だった。

河野さんが乳がん手術をし、その後、再発したと知ったとき、仕事で一緒になった永田さんに「裕子さんは、どう」と聞くと「死んだらダメだ。絶対死ぬな。死んだら忘れられるぞとつねに言っている」と彼は答えた。そのときは何と厳しい言葉……と思ったが、この夫婦は短歌あっての夫婦であり、歌人としての河野さんの生を存分に全うさせようと、永田さんも懸命なのだと思い直した。ここ何年かは、その言葉を体現するかのように、夫婦、息子の淳さん、娘の紅さんを含めた歌人一家としての仕事を広げていた。

肉体は滅びても残した歌は滅びない。それをいちばんよく知っていたのは裕子さん本人であり、永田さん一家であろう。彼女は、死の直前まで口述筆記で歌をつくっていたという。どんな歌を置いて、早々とこの世を去っていったのか。辞世を読むのは少し怖い気がしないでもない。

裕子さん、やっと闘病から解放されましたね。ご冥福を祈ります。合掌。

花海棠と吉本隆明

海棠《かいどう》の花を見ると、吉本隆明を思い出す。

海棠と吉本隆明、一見、意外な組み合せに感じるかもしれないが、私の中では、しっかりと結びついている。

三十二年前、まだ若かった頃のことだが、短歌仲間でシンポジウムを企画し、吉本さんに講演をお願いに行ったことがある。依頼者の一人は女性がいいだろうとのことで、根岸のお宅に私も同行させていただいた。

初めてお目にかかる吉本さんは、じつに自然で気さく、快く私たちの依頼を了解してくださり、自ら、紅茶を運んだりもして下さった。

帰り際、吉本さんのお宅の玄関先に桜に似た紅色の花が咲いていた。「これは?」とお尋ねした私に、吉本さんは「これは海棠です。梅より遅く、桜より早く咲きます」と、咄嗟に答えて下さった。

海棠、睡《ねむ》れる花とも呼ばれる花の名は知っていたが、間近で見るのは初めてだった。以来、海棠と吉本さんとは、私の心の中で結びつき、近くの公苑にある海棠の木を、春が来るたびに訪ね、あの折の吉本さんの言葉を思い返している。

深読みかもしれないが、梅と桜のはざまにあって、梅桜に負けない花を咲かす海棠のあり方に、学ぶものがあるのでは。そんな思いを抱いたりしたからである。

以後、各所での講演をお聞きしたり、大阪にいらして、シンポジウムをなさった折には、花束を持って舞台の下から差しあげ、ミーハーまる出しのファンぶりを発揮し、今、思えば、ただただ赤面の態である。

では――。私にとって、吉本さんとはどんな存在だったのだろうと、あらためて考える。書庫のいちばん奥に並ぶ勁草書房版の『吉本隆明全著作集』の奥付は昭和四十七年（一九七二）刊行第三刷。四十七年といえば、六年かかった学生時代を終え、何とか仕事に就けた年なので、この全集を予約購入できたのだろう。ことに、第六巻には、たくさんの付箋がつけられている。ここには『言語にとって美とは何か』が収められているからである。

吉本さんから、いちばん学びたかったのは「詩とは何か」、その真髄である。私にとって吉本さんは、終生、詩人・吉本隆明であって、時代を語り、現代思想を読み解くときでも、つねに彼は詩人。詩人だからこそ、そうした仕事をしているのだと、意識し続けてきた。

本来、詩人は、稀々人であり、今の日本のように、定型詩人（歌人俳人）が何百万といった状況は、何か違っている。吉本さんのような詩人のみこそを詩人と呼ぶのが本筋である。

吉本さんの『言語美』から学んだ（私流にだが）、いちばん大きな点は、短歌の定型を「無限の許可」と記していたことだ。定型の束縛から逃れたいと強く思っていた私にとって、それは大きな励ましだった。だが「詩とは何か」、ことに現代詩ではなく、長い伝統を引き継ぐ現代短歌についていては、吉本さんの著作を通しても、不勉強の私には、なかなか理解できなかった。

僭越を承知で今となっては、かけがえのないしあわせを（吉本さんにとっては、貴重な時間の浪費だったと思うが）、吉本さんからいただいたことを、ここで述べ、感謝とおわびを申しあげたい。

つねづね、吉本さんから、日本の短歌史、そこに流れている詩心の変遷をおうかがいしたいと思っていた私は、厚かましくも身近な記者に、何か、その思いをかたちにできないかと打診した。

敏腕記者である彼女は上司を説得、吉本さんから月に一回、何ケ月かにわたって詩心の通史をうかがう企画を立ち上げてくれたのである。しかも、新聞に掲載するだけでは、もったいないので、出版社とタイアップして、終了後、単行本化するという、理想的なかたちで。

第一回は、二〇〇九年一月十九日三時半から、吉本さんのお宅ではじまった。大阪から伺った私は、まだ、整理のできない頭で、吉本さんの前にいた。この企画が通ったことすら、信じられなかったままの状態だった。あまりにも大それたことを考え、それを実行している自分に、呆れ返ってもいた。ましてや、それを受容して下さった吉本さんの度量。私の近刊の歌集や著作を読んで、準備して下さっていたありがたさ。何と申しあげていいのか、わからない。

ただ、二度目は、吉本さんからの、この企画は難しいとの理由で、打ちどめとなり、一月十九日の対談は活字化されず、幻のものとなった。吉本さんは、私の浅薄さを感じとり、二回目以上の必要性を感じなかったのだろう。じつに正直な方なのだと思う。しかも、何かが予期されていたかのように第二回目を予定していた日の朝、父が倒れ、私は大阪を離れることが、できなくなった。これも、吉本さんの詩的直感ではなかったか。

「現代詩を書きなさい」「現代詩を書きなさい」、対談中、吉本さんは、何度か、そうおっしゃった。あれは何だったのだろう。考えながらも、まだ、心を詩に向けることのできないまま、今年の海棠を見上げている私である。

幻の短歌——追悼・辻井喬

いつ、どういうことが、きっかけだったのか、よく解らないのだが、辻井喬さんから、詩集、小説など、著作を送っていただくようになり、私の書棚の一角には、『辻井喬コレクション』をはじめ、多くの辻井作品が並んでいる。たぶん、私の方から、歌集をお送りし、それが契機となったのだろうと推察している。

辻井さんのことは、堤清二さんとして、若い頃から、お名前を存じ上げ、親近感を抱いていた。私の短歌の師に当る故近藤芳美先生から、度々うかがっていたからである。戦後、近藤夫妻は浦和に住んでいらしたが、その折、堤家と近く、近藤夫人の手編みの作品と交換にさまざまの物資をいただいたとの話を、夫妻からお聞きし、一方的に親しみを感じていたのである。

十年余り前、小学館発行の「本の窓」に連載していた『百年の恋』を書き終えたとき、どなたかと対談をしましょうということになり、辻井さんを、とお願いしたら、快く引き受けて下さった。お目にかかった辻井さんは、物腰のやわらかな紳士で、この方は、ご自身の文体を体現しているなと思ったことを記憶している。

その後、山形で、斎藤茂吉をテーマとするシンポジウムがあり、パネラーとして、ご一緒した後、歌人の辺見じゅんさん、辻井さんと三人で、ずい分遅くまで飲み、貴重な時間を過ごさせていただいた。辺見さんも、すでに故人となられたが、三人で話した内容については、あまり覚えてはいない。義理がたい方という印象が、辻井さんには強いが、八年前（二〇〇五年）の私の全歌集出版記念会にも出席いただき、スピーチをいただいたりもした。

辻井さんは、小説家としては、もちろん、詩人として、広く知られているが、秘かに短歌もおつくりになっていたのでは？　と、私は自分勝手に思っていた。彼のお母様は、大伴道子という歌人でいらしたし、代表作の一つ『虹の岬』では、歌人・川田順の心情を、短歌的抒情を軸として深く分け入って描き上げている。それゆえ、辻井さんにも、歌人の資質が流れているのではと考えたのである。『コレクション』の第七巻には、詩集が十六冊収められているが、短歌は見当らない。多才な辻井さんに、ぜひ短歌をおつくりになることを勧めたかった。彼の詠む短歌が見たかったから。それが心残りでならない。

遅く届いた便り

その便りは十四年余りかかって私の元に届いた。

スイスだろうか。青い湖面に小さな島が浮んでいる絵葉書。表には、横書きの几帳面な文字で、びっしりと文章が記されている。「道浦母都子様」と、私宛の宛名も記されているが、住所はない。

差出人は、政治学者で、防衛大学校校長などを務められた猪木正道氏である。

この（二〇一五年）三月八日、京都で「梅原猛先生の卒寿お祝いの会」が催された。僭越ながら私も、日頃、お世話になっている先生への心ばかりの御礼と思い、会に出席させていただいた。

お祝いの会は盛会裡に終り、式場を去ろうとしたとき、懐かしい方に、お目にかかった。経済学者の猪木武徳氏である。

「お久しぶりです」と声をかけると、猪木先生から「ここでお会いできてよかった。お渡ししたいものがあるのです」と、しきりに詫びながらおっしゃるのである。

お渡ししたいもの？　怪訝《けげん》に思いながら、私は求められるまま、名刺をお渡しした。

後日、武徳氏から、絵葉書が同封された一通の手紙が届いた。文面によると、さるとき、正道先生がご子息の武徳氏のご自宅に来られ、一冊の本を手に取り、この本が欲しいと、おっしゃった。ところが、その本は頂いた本。差し上げるわけにはいかないが、お貸しするのなら大丈夫。そういうわけで、正道先生は、その本を持ち帰られたのだという。

その本というのは『季節の森の物語』（二〇〇〇年、朝日新聞社）、私が雑誌「論座」に連載したエッセイをまとめた一冊である。当時、武徳氏と私は新聞社の書評委員会でご一緒だったので、何かの折、差し上げたのだろう。まさか、正道先生の手に渡るなど想像もしないで……。

武徳氏の便りによると、本を持ち帰られて、しばらくの後、正道先生は一通の絵葉書を武徳氏に託した。筆者の住所がわからないので、住所を記して、絵葉書を投函してくれるようにと依頼をして。

以来、その絵葉書は、十四年余り、武徳氏の元に眠っていた。

そして、今回の十四年ぶりの対面となったのである。すぐにも、お返事をと思ったが、武徳氏の便りによると、正道先生は二〇一二年十一月五日、九十八歳の誕生日の朝、お亡くなりになられたという。

残念というか、何というか、正道先生の文面を拝見しながら、胸が詰まった。

——自分は若き日、ロシア文学を読んだりもしていたが、政治や経済の世界に生きるようになって、すっかり、そうした心情を忘れてしまっていた。そのことを思い出させてくれたのが、この本です。不躾ですが、そのことを伝えたく、これを書いています。（要約）

記されたのは二〇〇一年二月二十四日、正道先生八十七歳の冬である。

もっと早く……と思いつつ、お目にかかったことのない正道先生の心情に思いを馳せた私だった。

折り鶴の夏

この夏（二〇一〇年）の八月六日、広島にまた一つ、千羽鶴が増えた。潘基文《パン・ギムン》国連事務総長から秋葉忠利広島市長へと手渡されたニューヨークの国連スタッフによって折られた千羽鶴である。平和記念式典後、国際会議場で行われた潘総長の講演後、真っ青な空を思わせる澄んだブルーの千羽鶴が、総長から市長へと渡される瞬間、私は平和記念式典で総長が語った「グラウンド・ゼロ」（爆心地）から「グローバル・ゼロ」（大量破壊兵器のない世界）へ、の言葉を思い返していた。ここから、何かが動いていく。必ず、きっと必ず。折り鶴は、その象徴なのだ。確信に近い思いが胸に迫った。

今年の夏は、何としても広島に行きたかった。どうしても確かめたいことがあったからである。

二十代末から三十代初めの三年半、広島で暮した。その由縁か、仕事で、原子力発電所の爆発事故を起こしたチェルノブイリを訪れ、核の平和利用とされる原子力発電による多数の死や犠牲を目の当りにした。

混迷する日本。揺れる私……。私にとって広島は、何かの折、自分を覚醒させ、自らの原点に引き戻そうとする地として存在している。そうした思いが膨らみ、ぜひ広島へ、の行動に至ったのである。

六月末にも、広島を訪れた。広島駅から路面電車に乗り、久しぶりに仰いだ原爆ドームは、痛々しい姿ながら、よく来たねと歓迎してくれている気がした。まだ暑さが柔らかく、元安川から吹き寄せる川風が、涼感を運んでくれていたからかもしれない。

その後、向き合った「原爆の子の像」、そこで見た光景に釘付けになった。夥しい数の折り鶴が像の背後に飾られていたからである。何度か目にしているはずの光景だったが、今回は違った。何年か前、大学生によって折り鶴に火が付けられるという出来事があり、悲しみに近い怒りを覚えたのを思い出したからだ。

その折、

灰となりし折り鶴たちのその行方知りたき夕ぞ風鐸《ふうたく》が鳴る

こんな一首をつくった。

平和への祈りを込めて、一人一人が折り鶴を折る。それが千羽となり、広島に届けられる。その後、折り鶴はどうなるのだろう。素朴な疑問が湧き、鶴の行方を知りたくなってしまったのだ。八月六日の広島行は、平和式典への参加はもちろん、六月の広島行で確かめられなかった千羽鶴の行方を知るための再びの旅でもあったのである。

折り鶴はあった。

圧倒されるほどのすさまじい量の折り鶴が山と積まれ、私を待ってくれていた。原爆ドーム近くの旧広島市民球場を利用した折り鶴展示室。それは想像を超えた折り鶴の海であり、敬虔な祈りの世界でもあった。

広島市に送り届けられる千羽鶴は年間約一千万羽。重さにして約十トン。日本はもちろん国内外から届く千羽鶴は平成二十年（二〇〇八）度は一千三百万羽に達したという。小、中、高の学校単位で、またクラスや職場、サークルや個人で送られる千羽鶴には、学校名やクラス名などと共に「平和は私たちの手で」「あったかいことば　あったかい行動」といったメッセージが添えられている。

そもそも「原爆の子の像」の由来は、昭和三十年（一九五五）に、当時中学一年生だった佐々木禎子さんが原爆症で亡くなり、そのとき、彼女が「鶴を千羽折ると幸せがやってくる」と、鶴に回復の願いを寄せ、祈り続けていたことに由来する。

「原爆の子の像」は、禎子さんのクラスメイトたちが彼女の思いを伝え残したいということから始まり、遂には広範囲の反響を喚び、像建立となったものである。以来、「原爆の子の像」

は、広島に直結する平和の象徴の一つとなり、世界中から千羽鶴の届けられるメッカとなった。
それにしても、すさまじい量の折り鶴。紙である鶴は、火はもちろん、雨や風にも弱い。現在、像の背後には九個のガラスケースで囲まれたブースが置かれ、届けられた千羽鶴が眺められるようになっているが、ブースに納められるのは、送られてからの一時期。次々と送られ増える千羽鶴への対応は、広島市にとっても、たいへんな課題である。

「平和の循環」、折り鶴展示室への入口には、そんな言葉が記されていた。今の時代に折り鶴を折って、広島に送った少年少女が、やがて大人となり、自分の子供たちを伴って、自ら折った折り鶴と出合うため、再び、広島を訪れる。そんな日があってほしい。広島市の希望はそこにある。折り鶴を通して、親と子が、人と人とが広島・長崎を知り、核なき世界を目指す。そうした日を実現するための「折り鶴ミュージアム」建設構想が、今、広島市で持ち上がっている。

だが、ミュージアム建設には、相当の予算が必要だ。そこで考えた。
携帯電話に登場する絵文字である。私の知る限り、鶴の絵文字はまだ、ない。折り鶴のマークをぜひつくってほしい。そして、可能なら、鶴の絵文字を使う度に、いくらかの募金が、ミュージアムのみならず、平和のために使われる基金となるようには出来ないだろうか。これなら、寄付や募金が苦手とされる日本人にも簡単に出来そうな気がする。何よりも、折り鶴の絵文字を押すということ自体に、鶴を折る行為に通じる何かがある。そこが貴重だ。

そんなことを考えながら、広島から持ち帰った金色の色紙で、鶴を折っている私である。

許されたき わたしを――わが裡なる沖縄

辺野古の空は、うっすらと曇っていた。
おずおずと来たる辺野古のゲート前小さき椅子におそれつつ座す
私を辺野古に連れていって下さったのは、豊見城《とみぐすく》在住の當間實光さん。
権力と相対峙して理不尽なる基地を拒めり翁長県知事
昼顔の葉裏を踏みて手を繋ぐ辺野古の海はオキナワのもの　　當間實光
このような短歌をつくり続けている歌仲間である。
東京の巷で、デモの隊列が「沖縄奪還」を叫び「沖縄を返せ」をうたっていた時代に学生時代を過ごした。当時は沖縄から東京の大学に来る学生を留学生と呼び、沖縄に行くには、パスポートが必要。そんな時代だった。

一九七二年五月十五日、沖縄日本復帰。

以後、自由に往来できるようになった沖縄。すぐにでも行きたかったが、なぜか、足が南へと向かおうとはしなかった。

戦死者は島民の四人に一人　沖縄の土踏むときの深きおののき

今でもそうだが、私には沖縄の地を踏むのには、大いなる畏れがある。この下に、多くの命が眠っている。そう考えると、簡単に沖縄を訪れ、その地を踏むことが、ためらわれるのだ。「行きたいけれど、行けない地」、かなりの間、私にとって沖縄は遠く遙かな土地であった。

二十年余り前だっただろうか。

突然、沖縄を訪れた。多忙な日々から逃れるための一人旅だったが、自然に足が沖縄へと向いた。

何の知識もないまま、南部の戦跡を巡るバスに乗った。ひめゆりの塔をはじめ、戦時下沖縄を知る幾つかの地を訪れた。

ことに、この旅で心に残ったのは、バスガイドの若い女性だった。戦跡巡りの終り近く、彼女は一つの歌をうたってくれた。詳しくは覚えてはいないが、

〽蝶も鳥も自由に鉄条網の向こうに行けるのに私たちは行くことができない

そうした内容だった。気が付くと、ガイドさんの目から涙が流れ、彼女は、泣きながら、その歌をうたっているのだった。

沖縄への目を開かれたのは、そのときから。もっと沖縄を知らなくては……、鉄条網の向こうを見据えなくては、と思ったのである。

十数年前からは、仕事を兼ねて、ほぼ毎年沖縄を訪れている。

　那覇に来てヤマトンチューと呼ばるると体のどこか軋みはじめる

「ヤマトンチュー」と呼ばれる後ろめたさ、それは何故だろうか。

　許されたきわたしを知るかうなだれて花を揺るがす軍配ヒルガオ

沖縄を犠牲にして、戦争を終らせた「ヤマトンチュー」の一人の私。その思いが、私の中にしみついている。それゆえ、なかなか簡単には、沖縄へと足が向かなかったのだ。けれど、今は違う。沖縄を知り、「ウチナンチュー」と「ヤマトンチュー」の垣根を越えることが大事なのだと、自分に言いきかせている。

　沖縄をいかなる風の吹くらむか民意はヤマトに伝わり難く
　若夏の海に弾ける子らのこゑ基地がなければ美しき島

永吉京子

永吉さんも、那覇在住の古くからの歌仲間。彼女の短歌にもあるように「基地がなければ美しき島」の沖縄だが、現実は、そうではない。以前、沖縄の歌仲間と奈良の明日香村を旅したことがある。一泊した後の朝、沖縄からの仲間の一人が「生れて以来、こんな静かな夜に眠ったのは初めて」と語った。彼女の家は基地に近く、年から年中、基地からの激しい騒音に悩まされているのだという。

日本における米軍基地や関連施設のうち、約七十四パーセントが沖縄に集中している。戦闘機やヘリコプターの離発着による騒音のみならず、沖縄における基地あるゆえの問題の根は深い。

だが、沖縄の抱える苦悩を、私たち（ヤマトンチュー）は多く知らないままで、日々を暮している。「基地がなければ美しき島」の「美しき島」の部分にのみ、魅かれているのが、ヤマトンチューの実態ともいえる。

夏ともなれば、沖縄の海に魅かれて、大勢の観光客が押し寄せて行く。その中の、どれほどの人が、沖縄の光の部分の裏側に潜む影の部分を知っているだろうか。

今回、辺野古を訪ね、唯一、嬉しかったのは、「辺野古基金」の寄付の約七割が県外の人だと知ったことだ。何かのかたちで、沖縄の力になりたいと思っている人たちが、県外にも少なからず存在する。私は、どっさりいただいたパンフレットを持ち帰り、友人たちに配って回った。

ウチナンチューとヤマトンチュー、相互の理解と連帯。甘い考えかもしれないが、この連帯からしか、沖縄からの基地撤去の答えは出ては来ない。

今、私は六・一四安保法制反対国会包囲デモから大阪に戻り、この原稿を書いている。そこで、もらったビラの一枚には「沖縄・辺野古に米軍基地を造るな」と記されていた。異議ナシである。

奈良

蓮と睡蓮

亡くなった父は睡蓮が好きだった。何度か引っ越しをしたが、その度に、父は自ら池を掘り、水を張って、睡蓮の鉢を置いた。ハート型の葉の間に、水面すれすれに白い花を咲かす睡蓮。度々見ているうちに私も好きになった。花は白だけでなく、淡い紅色のものもあり、咲くのは午後。睡蓮の名は、そこに由来する。そうしたことも知るようになった。

今、私の住む家は、両親が生前、住んでいた家で、二坪ほどの広さの池がある。これは、庭師さんが造った池で、かつては、睡蓮が咲き、錦鯉が泳いでいたが、今は、すっかり様変りしてしまい、ただの枯池になってしまった。もちろん、住人の怠慢のせいで、父母に申し訳なく思っている。

「蓮が夢のように戦《そよ》いでいるお寺があるんですって」。友人の電話に即、奈良・菅原町の喜光寺を訪れた。喜光寺の蓮は水の中ではなく、鉢植えの蓮が、胸の高さに風のように揺れていた。

あれは現実だったのだろうか。夢だったのか。もう一度、この目で確かめてみたい。

光の萩

私独り、自分勝手に「萩の歌人」と呼んでいた女性歌人がいる。短歌結社・未来の先輩にあたり、すでに故人だが、彼女の萩のうたは、忘れられない。

夜の萩白くおもたきみづからの光守れり誰か死ぬらむ　　河野愛子

河野愛子は、大正十一年（一九二二）生れ、平成元年（一九八九）に亡くなっている。若き日に胸を患っていたせいか、死を意識した作品が多い。先の萩のうたも、夜の萩を見ながら、この一瞬にも、誰かが、どこかで死んでいくのだといった諦観が感じとれる。さやさやと風に戦ぐ萩は、さわやかな流れを空気の中に生み出すが、嵐の後など、地に伏した萩には、人が伏しているような寂しさや虚しさが伝わる気がする。

相思わぬ遠き一人の面影を秋篠寺の御仏に見つ　　作者未詳

高校時代、新聞か何かで読んだ一首。私の記憶から消えない作だが、この作が出来たのは秋、萩の季節だと思っている。恥ずかしい限りだが、まだ伎芸天《ぎげいてん》を知らない私は、伎芸天を見るため、いつか萩の季節に秋篠寺に行ってみたい。

水仙の湖

我が家の水仙は白。花びらは六枚。まだまだ寒い中を、シャキッとした緑の葉を背に、しっかり花を咲かせている。最近は黄水仙や花びらの多い種類も増えているが、私はこの白い水仙が好きだ。簡素だが凛とした気品が備わっているからだ。

ちょうど母の命日が二月九日なので、庭の水仙が満開の時期。水仙が仏花としてふさわしいかどうかは解らないが、母が住んでいた頃からの縁深い花だから、わんさと切って仏前に飾ることにしている。水仙は一本だと、あまり香りを感じないが、束となると、何とも、ゆかしい匂いがする。匂いも上品なのだ。

もう、ずい分以前のことだが、私の短歌の師、近藤芳美ご夫妻と共に山の辺の道を歩いたことがある。そのとき、先生が「あそこ、あそこを見てごらん」と指をさされた。その先には黄水仙が、かたまって咲いていた。「水仙だ」「黄水仙だ」。私たち一行は、喜びの声を上げた。あまりに突然だったので、あのときの黄水仙は、私の目には、あたたかな小さな湖のように見えた。

優しい櫛

手櫛という優しきクシでくしけずる若き日自慢の黒長髪を

「手」というと思い出すエピソードがある。
私の第三歌集『ゆうすげ』に次のような一首がある。

魚よりもちさき冷たき頬なりと雨の手をもて包まれたりき

意味はストレート。「魚よりも小さくて冷たい頬だね」と言われて、手で頬を包まれたという単純な一首である。ここで、「手」が「雨の手」となっている点に注目していただきたい。実は、原作（私の原稿）では、「雨の手」ではなく、「両《もろ》の手」となっていた。ところが、届いた雑誌には「雨の手」となって、活字化されていたのである。

即、編集部に電話しようと考えた。誤植だと思ったからである。ところが、「待てよ」と、心の声がささやいた。「両の手」では平凡。「雨の手」なら「雨に濡れたあなたの手」の意味となり、抒情性が増す。この誤植は、偶然なのか、もしくは、編集者が直してくれたのか。私は電話することをやめた。「両」が「雨」となり、歌が数段良くなったので、納得したのである。

今回、「手」をテーマにして歌をつくろうとして、案外、難しいことに気がついた。

最近作では、第八歌集『はやぶさ』に、

うすくち醬油ちょぼりちょぼりと足す仕草母に似ている嬉しそうな手

の一首があり、自分でも、かなり気に入っている。

ところが、いざ、題詠「手」を実践してみると、なかなかうまくいかない。「軍手」「手腕」「握手」「手首」「名手」「手打ち」など、「手」の使われた熟語を列挙してみたが、どうしても一首ができない。いちばん、こだわったのは「軍手」という言葉で、軍事用品だった物の名称が、いまだに使われていることから、何かを引き出したかったが、うまくいかなかった。

そこで、つくったのが、冒頭の歌だが、いわゆるベタ短歌で、斬新さはない。でも、「手櫛《てぐし》」という言葉の響きの美しさと、女性の仕草に関わる言葉でもあるので、ベタを承知で一首とした。

サラブレッド魂

テレビの競馬中継を見るのが好きだ。

そう言うと、たいていの人が、あなたも賭け事をするの？　と驚く。じつは、そうではなく、中継が好きなのは、競走馬が走る姿を見るのが好きなのである。

まだ、競馬場が男社会でざわざわとしていて、女性は滅多に行かなかった頃、女性ファンを増やそうとの目的だったのだろう。秋、牝馬《ひんば》（雌馬）だけで賞を競うエリザベス女王杯の日、さまざまのジャンルの女性たちを競馬場に招待し、ゴンドラ席から、お食事をしながら見物をする、というセレモニーがあった。私も、ふとした縁で、招待にあずかり、二度、参加させていただいた。セレモニーでは馬の見方、レースの決まりなど、ていねいな解説とレクチャーがあり、パドックに近づき、実際の馬の姿を目のあたりにもした。

そのとき見た馬の美しかったこと。スラリと伸びた美しい脚。こんな細い脚で走るのかと思うと、サラブレッドがいとおしくてたまらなかった。人間がつくり出した、走るための窮極の細い脚。何とも切ない気もした。

馬が好きになったのは、そのとき以来である。あの細く美しい脚で、懸命に走る馬を見守りたい。そんな気持が、競馬中継を見るよう、私を向かわせた。馬券を買って云々というのは、無縁の話なので、私にとっての関心事は、もっぱら馬が無事にレースを終えること。レース中に故障をきたしたり、ケガをしたりした馬の悲しい末期を、聞いてもいたからである。

いつだったか、中継を見ていると、一頭の馬の様子が、レース途中から変《おか》しくなった。奔走する群れから、どんどん遠ざかっていって、遅れをとっている。だが、馬は走り続ける。何か故障があったのだろうと見ていると、ゴールインした群れから、かなり遅れてゴールに辿り着いた。その途端、馬はドタッと倒れたのである。

あっと思ったが、それっきりで、テレビ画面は、その馬の後の様子を映さなかった。

――あの馬は、ゴールのずい分、手前で、すでに、こと切れていたそうです。

ヒーローインタビューが終ってから、解説者が、倒れた馬に触れて話した。そんなことってあるの？　と私は驚いた。

――サラブレッドの魂ってすごいですね。死んでも走り続けてゴールまで辿りつくなんて。

解説者もしんみりしながら、その馬を称えていた。

サチカゼ、確か「幸風」と書いたような気がする。しかも、牝馬だったということも、私の心に強く響いた。

走るためにつくられたサラブレッド。その中の一頭。しかも牝馬が、死の後も走り続けた。切ないけれど、美しく素晴らしい最期だ。

「無」から始まる自由……。

十二月初旬。

京都は紅葉の時期を迎えていた。龍安寺《りょうあんじ》の山門をくぐると、鏡容池《きょうようち》を巡る参道が、あふれるほどの紅葉の中で揺れている。冬とはいえ、暖かな日射しが伸び、黄、朱、紅、さまざまの色の紅葉が、その色のあでやかさを競い合っているかのようだ。

シャッ、シャッ、シャッと石畳を掃く箒の音が、澄んだ空気を突き破って聞えてくる。

「誰も踏んでないときは、もっと紅葉の道は、きれいなんやけど。たくさんの人に踏まれてしもてるから」

箒を動かしている女性の一人が、それとなく言葉をかけて下さった。

訊いてみると、朝から何度も掃いているが、庫裡《くり》へと続く参道は、掃いても掃いても落葉の海。それでも、根気よく箒を動かし、集めた紅葉を大きな袋に詰めていく。雨が降ると紅葉の道がすべり、危険なので、日に何度も、紅葉掃きをしているのだという。

訪問の目的は、石庭、すなわち方丈の庭だが、そこに至る参道の紅葉も圧巻である。

大雲山龍安寺。石庭の寺として知られるこの寺に来るのは三度目。初めて訪れたのは、いつだったか。記憶が定かではない。たぶん、大阪で過ごした高校時代の頃だと思う。二度目は今年（二〇〇八）の十月。まだ紅葉には早い季節だった。

三度目の今回。どうしても確かめたいことがあって、せかされるようにして、やってきた。

龍安寺は、かつて徳大寺家の別荘だったのを、細川勝元が宝徳二年（一四五〇）に寺地とし、その後、応仁の乱で消失。勝元の子、政元によって再興され、現在の方丈は、西源院の方丈を移築したもの……。そうした歴史云々はもちろんだが、私が確かめたかった点は、もっと別のところにあった。

龍安寺といえば石庭、石庭といえば龍安寺といわれる方丈の庭についてである。拝観受付で手渡されるパンフレットには、方丈の庭が、いちばん大きく見える角度、勅使門近くの、石庭を前にして左前方から全体を眺めた写真が掲載されている。

実際にその位置に立ってみたが、どう眺めてみても十五個あるはずの「虎の子渡し」と呼ばれる石が、九個にしか見えない。何度か場所を変えてみたが、その度ごとに、石の数が違ってみえる。

それはなぜだろう。つまり、一つの庭が様々に見えるということについて、あらためて考えてみたかったのである。

龍安寺はいつ訪れても、人、人、人、人で埋まっている。ことに方丈の庭の前は、庭に面した階段状の縁側に人々が腰を下ろし、しばしの時間を過ごす。外国からの観光客をはじめ、国内からの中、高校生の修学旅行の団体まで、ひっきりなしの人の群れ。そんな中で、庭を独り占めしようとしても、とても無理。それでは、と前回来たとき、目をつむってみた。するとと、目の前の石庭が、さまざまのかたちで、脳裡に浮び、モノトーンの石庭がやがて色彩を帯び、音楽すらも聞えてくる気がするのである。

これは何だろう。簡単に言葉には出来ないが、あえて言うなら、見えないから見えるもの、聞こえないから聞こえるもの。自分の想像力をうーんと遠くまで飛ばしてみる。それを可能としてくれるのが、この庭。そんな思いがつのってきた。

目をつむってみたのには理由がある。あまりの人の多さに困惑したのはもちろんだが、玄関から石庭に至る廊下の隅に、点字での説明のついた「ミニ石庭」が置かれてあったのが、ヒントになったからである。視覚障害者の方用のものだが、触ってもいいとのことだったので、実際に手で触れてみた。すると自然に、私も目をつむってしまったのである。

そのとき感じたのが、「無」なることの重さ。見えないからこそ見えるもの。聞こえないからこそ聞こえてくるもの。騒がしいからこそ貴重な静寂。「無」とは対立する世界、「無」だからこそ始まる、もう一つの世界である。

確かめたかったことが、ほんの僅かではあるが、わかりかけた気のした私は、方丈の庭を離れ、鏡容池を巡る小道へと出た。さすが、ここまでは人の群れは追ってこない。方丈の庭を見て、思索にふけりたい人のために用意されたかのような静かな道だ。あざやかな紅葉を映す池の面に、今、見てきたばかりの方丈の庭の四角い姿が浮び上がってくる。

決して広いとはいえない、白と黒の対立するあの空間……。高校生のときの私は、あの空間に何を見、何を感じたのだろう。全くわからない。二度目に十月に訪れた際も、わからないということがわかった、と変な納得をして帰ったはずだ。

ところが、また再び、呼びよせられるように方丈の庭にやってきたのは、私の中で動いた何か。あの小さな空間を見ることによって次々と想像の力が湧いてきた、その理由が知りたかったからだ。

昭和十五年（一九四〇）、この庭を訪ねた歌人、会津八一は、こんな一首を残している。

こだち なき には を きづきて しろすな に いは するゑ けらし いにしへの ひと

——樹木を植えない庭をつくり、そこに白い砂をまき、岩を据えた古えの人よ

雅号を秋艸《しゅうそう》道人と称し、仏教美術や古都詠唱に精力を傾けた八一は、短歌という日本古来の定型詩を如何にして破るか、そのテーマとも格闘し続けた人物でもある。

ここにあげた歌も、全て平仮名を使い、いわゆる分かち書きで表現した一首だ。単純化されたこの一首は、言葉少ないが、石庭をつくった人に、その理由を問いかけるような口調で、この庭の本質に迫っている。

庭、すなわち樹木という常識を、きっぱりと拒否した庭。八一はそこに、自らも模索する限定された空間（定型詩である短歌にとっては三十一文字）だからこそ生れる、無限の自由を感知したのではなかっただろうか。

また、昭和五十年（一九七五）、来日されたエリザベス女王が方丈の庭を絶賛され、それ以来、外国からの訪問者が、ずい分増えたとのことだが、エリザベス女王は、東洋の神秘以上に、女王という立場に生れてきた自分が、その空間の中で、如何に自由に大きく羽ばたくことができるか。そんな思いを、この庭を前にして抱かれたのではなかっただろうか。

そうした勝手な想像を巡らせてもみた。

自分勝手な思い込みを、もう少し、確かめてみたいと思った私は、山門前で待ち構え、石庭を見てきた何人かの人に、ぶしつけな質問をしてみた。

「石庭を見て何を感じましたか」

無骨でストレートすぎる質問である。

「何もわからない」

「何も感じなかった」

「テレビで見たのと同じだった」
答えは、ほとんどが「わからない」といったもので、それ以上を語ってくれる人は殆どいない。それなのに人々は、ここに集まってくる。

名画にしろ、自然にしろ、何かを見てわかるとか、わからないとかは、あまり意味を持たないことかもしれない。

物のありあまる今、情報過多の現在、そんな今だからこそ、何もない、何もわからないけれど、この方丈の庭に人々が呼び寄せられ、どこからともなく集まってくる。そのことこそが、貴重で、大切とされなくてはならないのではないか。そんな思いが湧く。

あとがき

水仙の匂いがする。

如月は母の忌の月　水仙を切りて束ねて写し絵の前

二月は、庭の水仙が、あちこちに花を咲かせる。お供え用に切りとった花は、まず、両親をまつってある仏壇に。次は玄関、加えて私のデスクの上に。家のところどころに置き、その匂いをたのしむ。

水仙の匂いは、かすかだが、おだやかで、気品のある匂いである。

冬が苦手な私は、庭に出て水仙の群れを見て、ほっとしている。いえ、いやされているのかもしれない。

この秋、私は古稀を迎える。一九四七年生れ、団塊の世代といわれる仲間の多い世代の一人である。今に至るまで、本当にさまざまのことがあり、粗忽者で融通の利かない私が、たった一人で、ここまで、歩いてこられたのは、知人、友人、まだお会いしたことのない読者の方々。そうした人々からのご援助があったからである。

五十三歳で心の病気を抱え込むようになって以来、未だ服薬、月一回のクリニック通いの日々を過ごしている。もう病気を克服できないなら、ペンを捨てようと、何度、思ったかしれない。早々に全歌集を出したのも、引退をするつもりのためであった。

ところが、ここしばらく、うたができるようになり、エッセイだけではなく、小説を二冊、絵本を一冊、刊行するまでに、快復した。

うただけなら言えないこと、語れないこと、こころのしずくのような小さな文章をまとめ、ここに『うた燦燦』として、刊行することに決めた。短歌があったゆえの私。私をいつも牽引してくれた短歌。この夏には、新歌集を出す予定だが、本書については、うたからこぼれた小さなしずくを、お読みいただけますよう、祈るばかりである。

多くの方々への感謝を申し上げたく、ここに小文を記すことにした。

ありがとうございました。

この小さな本が水仙の匂いのように、みなさまの心を少しでも和ませるものであるよう、祈っています。

二〇一七年二月二十六日

道浦母都子

初出一覧

Ⅰ　うた彩々　「長陽」二〇〇五年冬号―二〇一六年春号を再構成

Ⅱ　ふり返り

母刀自の愛　「淡交」二〇〇四年九月号
夕庭の紫陽花　「桑兪」三号、二〇〇八年十二月刊
鶴だ、鶴が飛んでる。　「上方芸能」一三一号、一九九九年一月刊
時代撃つ言葉――『茨木のり子詩集』　日本経済新聞　二〇一五年五月三日
自己流　「短歌」二〇一四年九月号
やめるか、否か　「短歌」二〇一六年九月号
短歌に刻印された安保闘争　「短歌研究」二〇一五年八月号
処刑を前に「明日」を偲ぶ――戦没学生の無念　日本経済新聞　二〇一五年五月十日
「愛と革命」の情熱と幻想――『蒼ざめた馬』　同　二十四日
作品と人物の落差にあきれ果て――啄木全集　同　十七日
聖なる河で「死」と向き合う――『メメント・モリ』　同　三十一日
言葉から分析する「今」――吉本隆明『日本語のゆくえ』　共同通信配信　二〇〇八年二月
汪洋の人――近藤芳美氏を悼む　共同通信配信　二〇〇六年六月
忘れられない歌集――『定本　與謝野晶子全集』　「短歌」二〇一五年一月号

薩摩焼の帯留め　日本経済新聞　二〇一五年二月八日
きれいなままで　「ＰＨＰ」二〇一六年二月号

Ⅲ　口ずさみ「百人一首」　「ＰＨＰ」二〇一二年一月号―二〇一三年十二月号

Ⅳ　あこがれ

晶子が愛した気の山　『鞍馬寺（古寺巡礼　京都14）』二〇〇七年、淡交社刊
一人の兵の葛藤――近藤芳美歌集『吾ら兵なりし日に』　「現代短歌」二〇一六年九月号
二人の妻と「炎立ち」　「短歌」二〇一四年六月号
直感力が生んだ川柳作家――時実新子さんを悼む　朝日新聞　二〇〇七年三月十三日夕
すべて体あたり　眩しく――河野裕子さんを悼む　同　二〇一〇年八月十九日夕
花海棠と吉本隆明　「現代詩手帖」二〇一二年五月号
幻の短歌――追悼・辻井喬　「環」五七、二〇一四年春号
遅く届いた便り　「潮」二〇一五年六月号
折り鶴の夏　日本経済新聞　二〇一〇年八月二十九日
許されたき わたしを――わが裡なる沖縄　琉球新報　二〇一五年六月十九日
奈　良　『奈良 四季の花めぐり』二〇一六年、淡交社刊
優しい櫛　共同通信配信　二〇一五年一月
サラブレッド魂　「上方芸能」一九〇号、二〇一三年十二月刊
「無」から始まる自由……。　『龍安寺（古都巡礼　京都33）』二〇〇九年、淡交社刊

道浦母都子（みちうら・もとこ）
一九四七年和歌山県生まれ。早稲田大学第一文学部演劇専修卒業。同大在学中の七一年、短歌結社「未来」に入会、近藤芳美に師事。歌集に『無援の抒情』（八〇年、現代歌人協会賞）『水憂』『ゆうすげ』『風の婚』『夕駅』『青みぞれ』『花やすらい』『はやぶさ』、その他の著書に小説『花降り』『光の河』、エッセイ『百年の恋』『たましいを運ぶ舟』などがある。

うた燦《さん》燦《さん》

二〇一七年四月十七日　第一刷発行

著　者　道浦母都子

発行者　田尻　勉

発行所　幻戯書房
郵便番号一〇一‐〇〇五二
東京都千代田区神田小川町三‐十二
電　話　〇三‐五二八三‐三九三四
FAX　〇三‐五二八三‐三九三五
URL　http://www.genki-shobou.co.jp/

印刷・製本　中央精版印刷

ISBN978-4-86488-119-7　C0095

幻戯書房の好評既刊

夕鶴の家　父と私

辺見じゅん

家族、文学、民話、昭和史、そして自分自身——歌人として、作家として、角川家の長女として、ひたむきな生を求め続けた「昭和の語り部」の全貌をたどる。自伝的文章や取材秘話、家庭での実体験を反映した学生時代の創作まで、貴重な原稿の数々をまとめた遺稿エッセイ集。

四六判上製／本体二二〇〇円（税別）

桔梗の風　天涯からの歌

辺見じゅん

短歌の解明を抜きにして、日本人の心の精髄を捉えることは出来ない——歌に賭けた男と女の苛烈な生、そして「御製」「御歌」について。釋迢空をはじめ山本健吉、塚本邦雄、寺山修司、中城ふみ子、片山廣子、原阿佐緒などの作品を幅広く論じた、唯一の歌論集。

四六判上製／本体二二〇〇円（税別）